重现经典

重现经典
编委会

主编　陈众议

编委　[排名不分先后]

陆建德　余中先
高　兴　苏　玲
程　巍　袁　伟
秦　岚　杜新华

重现经典
编委会
推荐语

　　近世西风东渐，自林纾翻译外国作品算起，已逾百年。其间，被翻译成中文的外国作品，难以计数。几乎每一个受过教育的中国人，都受过外国文学作品的熏陶或浸润。其中许多人，就因为阅读外国文学作品而走上文学创作的道路，比如鲁迅，比如巴金，比如沈从文。翻译作品带给中国和中国人的影响，从文学领域渗透到社会生活的各个方面。从某种意义上可以说，是翻译作品所承载的思想内涵把中国从古老沉重的封建帝国，拉上了现代社会的轨道。

　　仅就文学而言，世界级的优秀作品已浩如烟海。有些作家在他们自己的时代大红大紫，但随着时间的流逝而湮没无闻，比如赛珍珠。另外一些作家活着的时候并未受到读者的青睐，但去世多年后则慢慢被读者接受、重视，其作品成为文学经典，比如卡夫卡。然而，终究还是有一些优秀作品未能进入普通读者的视野。当法国人编著的《理想藏书》1996年在中国出版时，很多资深外国文学读者发现，排在德语文学前十位的作品，竟有一多半连听都没有听说过。即使在中国读者最熟悉的英美文学里，仍有不少作品被我们遗漏。这其中既有时代变迁的原因，也有评论家和读者的趣味问题。除此之外，中国图书市场的巨大变迁，出版者和翻译者选择倾向的变化，译介者的信息与知识不足，时代条件的差异，等等，都会使大师之作与我们擦肩而过。

自2005年4月始，重庆出版社大力推出"重现经典"书系，旨在重新挖掘那些曾被中国忽略但在西方被公认为经典的文学作品。当时，我们的选择标准如下：从来没有在中国翻译出版过的作家的作品；虽在中国有译介，但并未得到应有重视的作家的作品；虽然在中国引起过关注，但由于近年来的商业化倾向而被出版界淡忘的名家作品。以这样的标准选纳作家和作品，自然不会愧对中国广大读者。

随着已出版书目的陆续增加，该书系已引起国内外读者的广泛关注。应许多中高端读者建议，本书系决定增加选纳标准，既把部分读者熟知但以往译本存在较多差误的经典作品，以高质量重新面世，同时也关注那些有思想内涵，曾经或正在影响着社会进步的不同时期的文学佳作，力争将本书系持续推进，以更多佳作满足不同层次读者的需求。

自然，经典作品也脱离不了它所处的时代背景，反映其时代的文化特征，其中难免有时代的局限性，但瑕不掩瑜，这些作品的文学价值和思想价值及其对一代代读者的影响丝毫没有减弱。鉴于此，我们相信这些优秀的文学作品能和中华文明继续交相辉映。

丛书编委会修订于2010年1月

[美]安·兰德 著
郑齐 译

重庆出版集团 重庆出版社

Ideal by Ayn Rand
Copyright © Peikoff Family Partnership LLC, 2015
Simplified Chinese translation copyright © 2023 by BEIJING ALPHA BOOKS CO., INC.
Published by arrangement with Curtis Brown Ltd.
through Bardon-Chinese Media Agency
All rights reserved.

版贸核渝字（2021）第047号

图书在版编目（CIP）数据

理想 /（美）安·兰德著；郑齐译. — 重庆：
重庆出版社, 2023.12
书名原文：Ideal
ISBN 978-7-229-17754-6

Ⅰ.①理… Ⅱ.①安…②郑… Ⅲ.①短篇小
说－美国－现代 Ⅳ.①I712.45

中国国家版本馆CIP数据核字（2023）第145215号

理想
LIXIANG
[美]安·兰德 著 郑齐 译

策　　划：华章同人
出版监制：徐宪江　秦　琥
责任编辑：彭圆琦
责任校对：王昌凤
责任印制：梁善池
营销编辑：史青苗　孟　闯
书籍设计：潘振宇 774038217@qq.com

重庆出版集团 出版
重庆出版社
（重庆市南岸区南滨路162号1幢）
北京毅峰迅捷印刷有限公司　印刷
重庆出版集团图书发行公司　发行
邮购电话：010-85869375
全国新华书店经销
开本：850mm×1168mm　1/32　印张：6　字数：95千
2023年12月第1版　2023年12月第1次印刷
定价：59.80元
如有印装问题，请致电023-61520678

版权所有　侵权必究

Ayn Rand

目录

序言/012

关于《理想》手稿的一点说明/024

第一章/028

凯伊·贡达

第二章/056

乔治·S.佩金斯

第三章/090

耶利米·斯里尼

第四章/110

德怀特·朗格力

第五章/124

克劳德·伊格那提亚斯·希克斯

第六章/140

迪特里西·冯·伊斯哈齐

第七章/164

强尼·道斯

CONTENTS

Introduction /012

A Note on the Manuscript of Ideal /024

1 /028

Kay Gonda

2 /056

George S. Perkins

3 /090

Jeremiah Sliney

4 /110

Dwight Langley

5 /124

Claude Ignatius Hix

6 /140

Dietrich von Esterhazy

7 /164

Johnnie Dawes

INTRODUCTION

序言

一九三四年，安·兰德写了两个版本的《理想》：第一个版本是小说(比《一个人》的篇幅要长百分之五十)，因为对其不够满意，她只进行了小幅度的修改；随后，她又将其改写成了一出完美的舞台剧。无论哪一个版本，在被安·兰德视为文学(除诗歌外)要素的四个方面，都是相同的：两个版本里面，几乎完全相同的人物讲述着相同的故事，传达着相同的主题；尽管剧本在后期的编辑加工中进行了较大的调整，但两个版本都体现了安·兰德独一无二的文风。虽然决定不出版《理想》的小说版，但安·兰德还是将其打字稿原封不动地保存在了她的办公室。

为什么要把《理想》改写成剧本？安·兰德从未对我讲过这一点。但据我所知，根本原因在于这两种文学形式在认识论上的区别。小说运用且只运用概念来呈现它的事件、人物，以及经验体系；戏剧(或电影)则同时运用概念及感知。后者指的是观众对实体演员的行动、对话等所进行的观察。例如，有一部小说被忠实地改编为电影。读小说的时候，所有的体验都是完全通过阅读而获得的；偶尔你也会想亲眼看看某个人物或某起事件，但那愿望并不迫切，往往转瞬即逝。而在电影里，某种形式的对话作为概念性的元素是必不可少的，电影这一媒介的本质就决定了观众必须看，而且是持续地看。读小说时，你可能会被深深地吸引，好奇书中的场景看起来会是什么样子；可看银幕上的场景时，你绝不会好奇它读起来会是什么样子。

好的小说家的确会致力于让他们笔下的人物栩栩如生，但他们的努力往往为形式所限。无论天赋几何，他们始终无法给读者提供一种真正可感知的体验。因此，我们这里要提出一个至关重要的问题：如果一个故事的性质决定了它必须拥有这样的体验，那该怎么办？如果只有通过运用感知的手段(当然要与概念的手段相结合)，它的基本要素才能被准确地呈现与理解，那又该怎么办？提到这样的要素，《理想》中最明显的一个例子就是凯伊·贡达那高贵的美丽，精神和肉体的双重美丽。这出戏的基础就是这种特定的美。这种美不仅属于女主人公，还属于一位迷人的银幕女神——从而令她得以成为数百万人的理想的化身。如果凯伊·贡达的这一特质不足以令人信服，那么这个故事就失败了。而关于这一问题，在其他条件都相同的情况下，感知的手段似乎可以轻松地战胜概念的处理方式。无论多么伟大的作家，当他用笔来描述女星葛丽泰·嘉宝或是年轻的凯瑟琳·赫本时，永远无法充分地传达她们那光彩照人的脸庞有多么完美(至少对我而言是这样的)；可是，如果是在银幕上看到她们(也许没有舞台上那么清晰)，观众只需一眼就能领会。(我之所以选择这两个例子，是因为她们是安·兰德最喜欢的女电影演员，而且嘉宝正是凯伊·贡达的创作灵感。)

从另外一个角度来说，《理想》也需要感知的元素。无论在哪一个版本中，这个故事都相当迅速地向我们展示了众多的人物——每一个都很典型，都代表着"人类背叛自己理想"这一主题的一个变体，每一个都出现在一个单一而简短的场景当中。这些人物都被刻画得能言善辩，但正是因为细节的匮乏，才需要如此的风格化。由于这种相对的简洁，在安·兰德改变作品的形式后，人物的特色并没有缺失太多，反而获得了一种重要的价值。由于人物出现的时间过短，我认为，单纯的描述无法传递令人信服的真实体验——例如，无法令每个人物都栩栩如生。相反，在舞台上，就算一个小角色都能立刻令人信服；我们只需要注视着舞台，就可以看见并听到他或她的面孔、身体、姿势、步法、服饰、眼神、语调，凡此种种。

还有第三个因素。无论哪一个版本，《理想》都像安·兰德所定义的那样，只有故事，没有情节。(是她首先指出了这一点。)它的开头和结尾在逻辑上相互呼应，可是凯伊·贡达从一个背叛者到下一个背叛者的追寻过程，却并没有呈现出一个渐入高潮的合理进展。所以，或许安·兰德认为，作为一部小说，这个故事可能有点缓慢，可能读起来更像一系列静态的人物速写。相比之下，由于持续的身体动作，戏剧可以更加容易地展示一个故事的进展，哪怕它没有情节。当然，身体动作自身，在舞蹈以外的任何艺术形式中都没有美学价值，但是我们可以看到，在某些情况下，它对一部过于静态的作品或许有所帮助。

当然，以上几点并不意味着小说这一形式可以被轻视。在创造感知世界的过程中，小说获得了极大的自由。这一纯粹的概念本质，使它得以在多个方面创造并实现一种复杂性，而这一复杂性的伟大与有力是戏剧所难以匹敌的。如果说舞台上的凯伊·贡达更为真实，那么达格妮·塔格特[1]则并非如此；我们在书里看到的她远比一个讲台词的女演员更为真实。原因在于，要想充分理解她的本质与力量，绝不能单单依赖于她的对话以及可观察到的动作，还要依赖于我们从小说中那些不可感知的元素里得到的信息。举三个明显的例子，小说告诉了我们她的所思所想，她的过去，以及按照自然法则，无法搬上舞台甚至搬进电

---

[1] Dagny Taggart，安·兰德代表作《阿特拉斯耸耸肩》（*Atlas Shrugged*）的女主人公。——译注

影的诸多事件。

即使在那些理论上可以观察到的场景中,小说所描述的也不仅仅是我们能够观察到的东西。相反,小说可以通过掌控并指引我们的感知能力,来传递其独一无二的信息,并获得独一无二的效果。在一个给定的场景中,作家指引我们细细品味他所选择的细节。他既可以创造令人目不暇接的丰富,也可以只聚焦于一个小小的侧面,其他的一切都无关紧要。这样的一种选择是感知者本人所无法做到的。(例如,《源泉》[1]里有一个建筑师,其特点就是他的头屑。)

如此一来,我们得到的所有信息与情感,便完全来自作家在叙述中所给出的评价与暗示。谁又知道还有多少隐藏其中呢?就小说这样一种篇幅较长且相对不受限制的艺术形式而言,要辨别它身上可能存在的全部特征,对我来说是个不可能完成的任务。关于这个问题,我甚至都找不到一本像样的书。但我仍然要在这里说,在一定程度上,小说的很多特性都可以在戏剧或电影中呈现——不过这句话的重点是"在一定程度上"。

每一种艺术形式都拥有它与众不同的可能性,相应

---

[1] *The Fountainhead*,安·兰德代表作之一。——译注

地也会缺少其他的一些可能性。由小说改编的戏剧或电影通常都不如原著，原因在于小说的复杂性难以企及。同样，一部相对简单的小说到了舞台上则有可能会大放异彩，因为舞台激发了它那些感知性元素的力量。因此，抛开形式的外衣，小说和戏剧是平等的。例如，它们都满足了安·兰德对艺术的定义：艺术家通过形而上学的价值判断，对现实进行的选择性重塑。选择作品的类型，是作家拥有的特权。正如我们所知，安·兰德选择将《理想》搬上了舞台。

尽管就上述的意义来说，小说和戏剧是平等的，但一出戏剧的剧本自身，与这两者都不相等。剧本既不是艺术作品，也不是文学类型。小说和戏剧很像，它们是完整的，让你可以进入并体验它们所创造的世界。可剧本自身并非如此，它删去了文学艺术语境中的精华，单纯为感知而写（通过舞台上演员的表演去感知），但它自身和这种感知是脱离的。阅读对白当然也有价值，但这并非艺术作品的价值，而只是它的一个特性。我相信，这一区别正是小说远比剧本更为流行的主要原因。

与所有剧作家一样，安·兰德把《理想》搬上舞台的前提，是这出戏能被制作出来。然而放到今天的文化环境中，这样的制作并不存在。我们大多数人此前和此后都没有机会在舞台上看到《理想》，更不用说一部恰到好处的《理想》——也没有机会看到一部恰到好处的电影《理想》。若想完全进入《理想》的世界，我们唯一的机会就是读小说。我们面对两个选项，其一是一部有瑕疵的艺术作品；其二比其一要好，但我们没有机会看到。

不过，这部小说拥有的不单单是瑕疵，它还拥有一部概念化的作品可能拥有的许多独特优点。尽管安·兰德对其并不满意，但我觉得现在来出版它，与安·兰德的心愿并不相违。因为文化的本质如今已然不同，而安·兰德也已经过世了这么久。在剧本发表八十年后的今天，没人会在乎这部小说中的些许瑕疵，也没人会在乎它是否符合安·兰德自己的出版标准。为了表示对其决定的支持，我们不会宣传这是一部"安·兰德的新小说"。事实上，我之所以写这篇序言，主要是为了强调并说明，为什么安·兰德要放弃这样一部有诸多优点的作品——同时，在这样的背景下，希望你们能关注这些优点。

我称赞这部小说，并不意味着轻视安·兰德在改编时所做出的改动。因为在很多方面而言，改编后的戏剧显然要更有说服力，也更加扣人心弦。我没有一页页地对照过这两部作品，所以不能对书中的全部改动做出评论(这是个不可能完成的任务)。

将小说转化成戏剧涉及两项至关重要的任务。其一是舞台演出的需要，要用更简洁的形式来讲述这个故事——唯一的传达渠道是舞台场景中的对话。另一项任务是作者自身的需要，她要对文本进行彻底的编辑。无论是哪一项任务，所做出的改动从数量上说都是巨大的。实际上，有很多页，安·兰德所做的并非改编或编辑，而是重写甚至是对于草稿的再创作。

不过，除了上述种种，还有一个实质性的改动。在小说的第三章里，主要人物是耶利米·斯里尼，一个讲方言的愚昧农夫。但是在动手改编剧本之前，安·兰德就已经无情地用粗线把这一章从打字稿上画掉了(她在我的手稿上也这么干过)。在剧本里，她用小说中斯里尼的女婿取代了斯里尼，将原本的配角变成了这一幕的主要人物。

我不知道安·兰德为何要进行这样的改动，不过我的猜测或许是正确的。斯里尼的愚昧与方言放在这出戏的语境中，会让这个人物缺乏可信度，比如不那么像一个内心冲突的理想主义者。就这个角色而言，一位善于表达的城市知识分子更能令人信服。此外，芬克还给这个故事所要谴责的罪恶提供了一个新版本：他之所以背叛自己的理想，并非因为对上帝的虔诚，而是为了"社会的福祉"。这要比斯里尼对金钱的渴求更具哲学意味。还有另外一个原因也是可能的，安·兰德或许认为，斯里尼对凯伊·贡达的背叛恰好支持了她一贯鄙视的一句口号：金钱是一切罪恶的根源。不过，无论到底是什么原因，这一改动给了我们额外的好处：芬克令安·兰德有机会极尽讽刺之能事，也令沉浸在压抑剧情中的我们得以露出笑容，甚至有时还会放声大笑。

尽管安·兰德删掉了斯里尼那一章，但我还是按照初稿的内容在小说中保留了他。这样做并非因为他那一章有什么艺术价值，而是因为它为我们提供了一扇小小的窗，得以窥见工作中的安·兰德，窥见她在一部作品尚未令人满意的早期阶段拥有什么样的创造力量，窥见她在不够满意之时，是如何像里尔登[1]一样将之全部抹去。当然，对于创造者而言，这部小说或许不尽如人意，但是我想，对于我们而言，它的不完美并不能贬低它的价值——无论是艺术层面还是阅读乐趣。

---

1 《阿特拉斯耸耸肩》的男主人公。——译注

我第一次读到这部小说,是在安·兰德去世的那年——1982年。在那之前,尽管对那出戏无比熟悉,我却一直不知道这部小说的存在。当时我坐在仓库的地板上,身边铺满了安·兰德的文件。看到这部小说的打字稿时,我决定随便看一看。没想到的是,我竟然被深深地吸引了,甚至在读到其中几个片段时还流下了眼泪。读完的那一刻,我感到不舍,因为我想在凯伊·贡达的世界里再多留一会儿。我觉得这份手稿太棒了,如果不能公之于众,实在令人遗憾。在这里,我要感谢理查德·罗尔斯顿,多亏他的工作,它的时代才终于来临。

作家在世的时候,总是会选择出版自己成熟的作品。但在他离世之后,出版其未发表过的作品就成了一种常规做法。比如,他青少年时期的作品;又如早期一些稚嫩的作品。如果这位作家在其领域内已然成为不朽人物，如果他的言辞被大量读者和日渐增加的学者奉为圭臬，那么这种做法就更常见了。此刻您将看到的就是安·兰德青年时期的一部作品。那时的她刚刚二十几岁，还不知道在未来的五十年里，自己将学到什么。这就是这部小说，仅此而已。

然而，又有多少成熟的作家能敌得过安·兰德的天赋？又有多少成熟的作家能创造出她那个逻辑与热情的宇宙？就算只是个萌芽，安·兰德仍然在那里——所以，她也在这里。

伦纳德·佩科夫[1]

加利福尼亚州，亚里索维耶荷市

---

[1] Leonard Peikoff, 出生于1933 年，加拿大裔美国人，作家，哲学家。他被安·兰德指定为其遗产的继承人，后成立了安·兰德学会。——译注

A NOTE ON THE MANUSCRIPT OF IDEAL

关于《理想》手稿的一点说明

二〇〇四年，我们对《安·兰德早期作品集》进行了一次修订，补充了一些新的材料进去。在为其撰写推荐语的过程中，我又一次回顾了安·兰德档案馆中的藏品，其中就包括《理想》这部小说的手稿。当时我只是粗略地看了一下，因为《理想》的剧本成稿在小说之后，既然安·兰德最终选择了剧本这一媒介，那么小说就没有必要收录进来。

到了二〇一二年，我终于决定仔细读一下这部小说。多年以来，安·兰德的读者们不断充满希冀地询问，难道在她留下的那些文稿当中，真的就没有其他小说了吗？事实上，的确还有一部小说。因此，我决定细细地重新回顾一遍。

这部打字稿有三万两千字，是在一九三四年由位于纽约市百老汇大街1501号的里亚尔托服务中心准备的。刚一开头，它就立刻攫住了我的注意力，毫无疑问，这正是一部安·兰德的作品。而且，小说的形式还提供了另外一个维度，这同样深深地吸引了我。有两点在我的印象中非常突出。其一，在小说中，凯伊·贡达的影迷来信要更长一些，因此也更明晰，更动人；而在剧本中，这些信则相对简短，因为在舞台上，它只能表现为静态的独白，或者呆板地投射在屏幕上，由观众自己阅读。比如，强尼·道斯的那封信，小说中较长的版本，让我们对他的性格和行为有了更好的理解。其二，小说的第一章让读者见识了好莱坞的那些电影工作室和那些名人，剧本中却没有相应的描述。仅这两点就已经极大地丰富了凯伊·贡达的世界，而诸如此类的不同还有很多。

就小说本身而言，有意思的是，它展示了

在安·兰德眼中,为读者写作和为观众写作有一个至关重要的区别。小说可以拥有更多细节,可以更为清楚明白,但是当然,只有在舞台上,某些类型的独白才能造成更为戏剧性的冲击,才能传达更为有效的道德力量。

鉴于佩科夫博士可能已经有三十年没见过这部小说了,我觉得现在是让它引起他注意的最好时机。他很高兴我做了这件事,还让我在这篇说明中加上他对我说的话:"理查德,要是没有你,真不知道'客观主义'会成什么样。"

理查德·E. 罗尔斯顿
安·兰德学会出版经理

1
KAY GONDA

第一章
凯伊·贡达

"如果是谋杀的话——为什么没有更多的消息呢？如果不是谋杀的话——为什么又有这么多流言蜚语呢？弗雷德莉卡·塞尔斯小姐在接受采访的时候对此不置可否。她拒绝就她哥哥是如何死亡的这一问题给出哪怕一丁点儿的暗示。两天前，五月三日的夜里，格兰顿·塞尔斯在他圣芭芭拉的豪宅过世。那天傍晚，他和某位著名的——著名得不得了的——影星一起用了晚餐。我们只知道这些。

"很抱歉我们无法为您揭开更多真相——但是如果您还没有想到的话——我们可以帮您指出案件的一些疑点。我们都很好奇五月三日——晚餐结束后，这位目前尚无法确认身份的著名影星到底去了哪里，或者自从在那个晚上消失之后，她到底都过去哪里。而且如果——像弗雷德莉卡·塞尔斯小姐所一直坚称的那样——整个事件没什么值得议论的地方的话，为什么一直都有传言说这个家喻户晓的名字和韦斯特的这位石油之王的死有关呢？假如有人能因此而独霸韦斯特王国，继承格兰顿·塞尔斯死后数以亿计的遗产的话，这个人只能是——弗雷德莉卡小姐。

"另外一则消息，很多读者打电话来询问凯伊·贡达的下落。这位银幕丽人已经两天没有回过她在好莱坞的家，制片工作室的大亨们也拒绝评论她离开的原因和她现在的去处。有些人甚至怀疑，这些所谓大亨们其实也一无所知。"

《洛杉矶通讯》的总编把脚跷在欧文·庞特的写字台上。欧文·庞特给《洛杉矶通讯》写一个名叫"零七八碎"的专栏。他的脸上总是挂着笑容，身材肥胖，坐着的时候基本就像是抱着他的肚子。总编把嘴里叼着的笔从右嘴角挪到了左边，然后问道：

"咱们说实话啊，欧文，你知道她在哪儿吗？"

"对天发誓，我是真不知道。"欧文·庞特答道。

"他们在找她吗？"

"我还是那句话，对天发誓，我真不知道。"

"他们有没有在圣芭芭拉起诉她？"

"还是那句话。"

"你那些警察局的哥们儿是怎么说的？"

"这个问题，"欧文·庞特说，"没有什么意义，就算我告诉了你，你也没法登在报纸上。"

"你并不认为是她干的，对吗，欧文？见鬼，她为什么要干这种事呢？"

"我想不到什么原因，"欧文·庞特说，"可是，凯伊·贡达的所作所为，哪一回需要什么原因呢？"

总编拨通了莫里森·皮肯斯的电话。

莫里森·皮肯斯两米高的身躯仿佛一根骨头都没有，他竟然还能站在那儿，而不是瘫作一团，实在是个奇迹。奇迹还发生在他嘴里叼着的香烟上，因为他就含着烟嘴的那么一个小头儿，烟却只是颤抖着而没有掉落。他肩上披着一件大衣，大衣居然没有滑下来，这大概也是一个奇迹。他戴的鸭舌帽帽檐朝上，就像是骷髅头上顶着一个光环。

"你去跑个腿儿，去一趟法罗制片工作室，"总编说，"然后看看能发现点儿什么。"

"凯伊·贡达？"

"要能撞见凯伊·贡达就最好了，"总编说，"实在不行，就打探打探她目前身在何处。"

莫里森·皮肯斯在总编的鞋底上擦燃了一根火柴，但仿佛立刻又改变了主意，便把火柴扔进了垃圾桶。他拿起一把剪刀，开始挖大拇指指甲缝里的脏东西。

"对了，"莫里森·皮肯斯说，"我是不是也应该调查一下是谁杀死了罗斯坦[1]，或者去搞搞清楚有没有来生？"

---

[1] Rothstein，阿诺德·罗斯坦，著名黑帮老大，据说是1919年职业棒球世界大赛贿赂丑闻的幕后黑手。——原注

"午饭前必须到那儿，"主编说，"看看他们怎么说，尤其要注意他们回答的细节。"

莫里森·皮肯斯即刻前往法罗制片工作室。他驱车经过了那些拥挤的街道，街道两旁的店铺仿佛在阳光下被晒干了，落满尘土的橱窗玻璃已经膨胀得快要爆裂。在这些橱窗的后面，正是那些人们昼思夜想的东西：镶着人造钻石蝴蝶的礼服裙、草莓酱罐头、番茄罐头、墩布、割草机、冰淇淋、阿司匹林，还有最近很受欢迎的治疗胀气的药。人们从这些东西边上匆匆走过，疲乏无力，表情麻木，汗湿的头发紧贴在滚烫的额头上。看起来，最为悲惨的人似乎不是穷得进不起那些店铺、买不起那些商品的人，反而是买得起的那些。

一座有着砖砌的黄色门脸的小影院上方，架着一枚巨大的15分硬币，锈迹斑斑，是用金属片做的，旁边空荡荡的遮檐上竖着一块纸板，上面画着一个女人。她站得笔直，挺胸抬头，她金黄色的头发看起来好像狂风骤雨中的篝火——狂乱纠结的头发在她苗条的身躯之上燃烧。她有着透明的灰白色眼睛，嘴也比常人要大，让人联想到祭祀中那些牺牲的神像。这幅人像下方没有写名字，这是因为署名是没有必要的，这世界每一条街道上的行人都知道她的名字，知道她金黄色的头发和她瘦弱的身躯。她的名字是凯伊·贡达。

人像半裸着，穿着暴露，但是没有人注意到这一点。没有人会以平常的观点来看这幅人像，也自然没有人猥琐地窃笑。她挺立着，头向后扬，两臂垂在体侧，手心向上，无助又脆弱。她乞求着，屈从于某种远高于遮檐和屋顶之上的力量。她是风中首当其冲的那团火，她代表着脚下每幢楼房、每扇窗、每颗踌躇的心脏共同的恳求和呼唤。经过影院的时候，虽然没有人这么做，但每个人心中都隐隐约约地想摘下她的帽子。

莫里森·皮肯斯昨晚看了一部她主演的电影。他一动不动地在那儿坐了一个半小时。若是呼吸也需要特意为之的话，他一定早就忘了呼吸。银幕上，那张巨大的白色脸庞看着他，那对嘴唇让人想要亲吻，那双眼睛让人好奇——令人痛苦的好奇。他感觉好像——在自己灵魂的深处，在他一切思考和一切人格的背后——还存在着他所不知道的东西；而她却知道，他希望自己也能知道。他好奇自己是否终有一天能够知道，如果真的能够，他又是否应该知道。他好奇自己为什么有这样的渴望。他以为她只是一个女人，一个演员，但在电影院里度过的那一个半小时里，他的看法完全不同。他觉得她根本就不是常人，不是他在生活中见到的寻常的人，而是一个没有人了解——但所有人都应当了解的人。看着她，他感到内疚，但同时也感到年轻——整个灵魂焕然一新——并且非常自豪。看着她，他就理解了古人为什么以人的形象来塑造神灵。

没有人真的知道凯伊·贡达的来历。有人声称他们记得她十六岁的时候在维也纳的一家紧身胸衣店打工，身上穿着过短的裙子，苍白而纤细的胳膊和修长而纤细的双腿都露在外头。柜台后面的她总是有些匆忙和紧张，让人觉得她更适合在动物园打工，而不是在这家挂着上过浆的白窗帘，弥漫着荤油味道的小商店。没人夸她好看。没有男人过来搭讪，连房东大妈们都不喜欢她，只要租金迟交几天，就要将她扫地出门。她终日都在帮顾客试束腰带，用纤弱的双手把腰带系在顾客的赘肉上。顾客们抱怨说，她的眼神让她们感到不安。

还有人记得两年之后她在维也纳巷子里的一家破旅馆当女佣。他们记得她从台阶上走下来的时候，丝袜上有好几个大洞，上衣也又旧又烂。男人们企图和她搭讪，但她假装听不见。不过有一天晚上，她一改了以往对男人的态度。那是一个高个子男人，言辞僵冷，探察的目光不给她留一点儿快乐的空间。他是一位著名的电影导演，来这家旅馆当然不是为了这个女佣。当导演在女佣耳边小声地低语着什么时，女佣放肆地大笑起来。老板娘听到之后不屑地耸了耸肩。然而，这位伟大的导演坚决否认他是在这个地方发现了如今大红大紫的巨星——凯伊·贡达。

在好莱坞，她总是穿简洁风格的暗色衣服，是一个一贫如洗的法国人设计的。她的豪宅入口是一条用大理石柱建成的长廊，她的管家会把鸡尾酒倒进高脚杯供她品尝。她走路的时候，无论是地毯还是台阶，都像是在她的脚下朝后温柔地、无声地滚动。她的头发从来都不整齐。她耸肩的时候，总要颤抖一下。她穿着曳地的露背睡袍时，几点蓝色的影子会在她的两侧肩胛骨之间跳跃。所有人都嫉妒她，但是没有人觉得她快乐。

莫里森·皮肯斯将他那双长腿迈出了他的敞篷车，小心翼翼地走向法罗制片工作室的前台。负责前台招待的是一个年轻男子，他严肃的脸上泛着潮红，像是草莓奶油冻一般。莫里森·皮肯斯对他说：

"皮肯斯。《通讯》报社的。我想见法罗先生。"

"您预约了吗？"

"没有。今天——预不预约都一样。"他说得对。

"您进去吧。"年轻男子匆匆地说。结束与法罗先生秘书的通话后,他挂断了电话。

法罗先生有三个秘书。第一个秘书的桌子紧挨着铜扶手。她冷冷地笑着,打开了铜制的大门,大门里面是一条拱道,拱道里有一张桌子、三部电话和另一个秘书。这个秘书起身又打开一扇红木大门,里面是一间办公室。办公室里,第三个秘书起身说道:

"进去吧,皮肯斯先生。"

安东尼·法罗坐在一个巨大的白色宴会厅里。宴会厅的铅化玻璃足足有三层楼那么高。壁龛里放着一尊白色的圣母像。白色的大理石基座上放着一个巨大的水晶地球仪。还有一张白麻布制作的躺椅,看上去似乎从来没有人靠近过,也确实没有人靠近过。这些都是法罗先生的无价之宝——传说从前它们曾经装饰过约瑟芬皇后[1]的闺房。

法罗先生梳着大背头,发色棕黄,眼睛的颜色也是棕黄的。他的西装跟他头发中色泽最深的那一绺是同样的颜

---

[1] 约瑟芬·德·博阿尔内,拿破仑的第一任妻子。1804年拿破仑称帝,她随之被加冕为皇后。——译注

色——而衬衫则和色泽最浅的那一绺颜色相同。他说道："早上好,皮肯斯先生。请坐。很高兴见到您。"然后递过来一盒雪茄。动作非常优雅,在一部描述上流社会的影片中,值得为此拍一个特写。

皮肯斯坐下来,拿起一支雪茄。

"我相信,"法罗先生说,"您已经意识到这些流言毫无意义,全都是些胡说八道。"

"什么流言?"莫里森·皮肯斯反问道。

"阁下莅临寒舍,一定是为此而来。有关贡达小姐的事,现在已经是满城风雨。"

"哦。"莫里森·皮肯斯说。

"我的好哥们儿,您可要看清其中的荒谬。作为一家这么有声望的报纸,我本来希望贵报能够帮助我们制止这些毫无来由的流言进一步蔓延。"

"法罗先生,这很容易,但是就得看您了。既然这些流言毫无来由,那么,您一定知道贡达小姐在哪儿,对吧?"

"让我们想想这个疯狂的传言,皮肯斯先生。格兰顿·塞尔斯——正如您所知,格兰顿·塞尔斯,实话实说,他是一个傻帽儿,一个大家都认为是天才的傻帽儿——傻帽儿总是看起来像天才,对吧?三年前他坐拥五千万美金的家产。现在——谁知道呢？可能五毛钱现钱都拿不出来。可是他花园里照样有水晶的泳池和希腊神庙。啊，是的，还有凯伊·贡达。贡达是他的一个昂贵的小玩意儿，或者说一个花瓶，就看您怎么看了。当然这是两年以前，现在不是了。我知道，在昨晚圣芭芭拉的那顿晚餐之前，她一年多没见过塞尔斯了。"

"所以他们的罗曼史已经结束了？没有藕断丝连吗？"

"绝对是一刀两断，从此之后再无关系，皮肯斯先生。"

"您确定？"

"确定，皮肯斯先生。"

"但是也许他们之间起了新的争执，争吵过后……"

"这种猜测是空穴来风，从来就没有过这回事。据我所知，他几次三番地向她求婚。她要是想和他在一起，早就得到他了。希腊神庙、油井，还有其余的一切，只需举手之劳。她怎么会想要谋杀他呢？"

"可是她为什么要玩消失呢？"

"皮肯斯先生，我可以喧宾夺主一下——问您一个问题吗？"

"当然可以，法罗先生。"

"到底……到底是谁传出来的这些谣言啊？"

"我本来认为,"莫里森·皮肯斯说,"您能告诉我这个问题的答案,法罗先生。"

"简直太荒唐了,皮肯斯先生,比荒唐还要糟糕。已经到了伤风败俗的地步。暗示、谣言、质疑,满城风雨。要我说,一定是有人在故意散播这些。"

"谁会有这样的动机呢?"

"这正是问题所在,皮肯斯先生。没人有这样的动机。贡达小姐没有敌人。"

"那她有朋友吗?"

"怎么了,这,当然是——没有。"法罗先生突兀地回答道。他的声音非常认真,被自己的说法搞糊涂了,"对,她没有朋友。"他的眼神里透着一种真实的无助,"您为什么这么问?"

"您又为什么会这么回答呢?"莫里森·皮肯斯反问。"我……我不知道。"法罗先生说,"我之前从来没有思考过这个问题。我就是突然感到很吃惊,她竟然没有朋友。她和米克·瓦茨交往比较多,但是没有人把米克当朋友。哦,不过,"他耸耸肩,继续说,"这些也是顺理成章的事情。想想看,您怎么可能和一个那样的女人交朋友呢?她看着您的时候好像看到的不是您,而是别的东西,没有人知道是什么东西。她跟您说话的时候——当然了,她也不常说话——您也不知道她脑子里在想什么。有些时候我甚至觉得她所想的事情和我们所想的完全不一样。同样的事情对于她来说有着不同的理解和意义。但是旁人有什么理解,她又有什么理解——谁知道呢?而且,说实话,谁又在乎呢?"

"根据你们的票房成绩,大约有七千万人在乎。"

"哦,对。或许,这才是最重要的。他们崇拜她,足有几百万人。这不是仰慕,也不是单纯的影迷的热情,比这两者都要深切得多,这是彻彻底底的崇拜。我不知道她对他们做了什么——但她一定做了什么。"

"她的影迷们对谋杀的传闻——有什么反应呢?"

"难以置信,皮肯斯先生,难以置信。有谁会相信这样丑陋的传闻呢?"

"如果不是贡达小姐消失了的话,自然没有人相信这样的传闻。"

"但是,皮肯斯先生,她并没有消失。"

"她在哪儿?"

"她一直想自己待几天,好为下一部新片做准备。她现在正在她的一栋海滨别墅里温习台词呢。"

"这栋别墅在哪儿?"

"不瞒您说,皮肯斯先生,现在不能打扰她。"

"如果我们现在开始设法找她,您会阻止我们吗?"

"当然不会,皮肯斯先生。我们一向不干预媒体的工作。"

莫里森·皮肯斯站了起来。

他说:"好,法罗先生。我们会去试试。"

法罗先生也站了起来,说道:"好,皮肯斯先生,祝您好运。"

莫里森·皮肯斯快要出门的时候,法罗先生补充道:"对了,皮肯斯先生,如果你们真的找到她的话,能麻烦您告知我们吗?希望您理解,我们不想让我们的明星受到打扰,而且……"

"我理解。"莫里森·皮肯斯说着就走了出去。

在联合出品人索尔·索泽办公室的外间,一个神情慌张的男秘书不耐烦地坚持道:

"但是索泽先生现在很忙。索泽先生现在真的非常非常忙。索泽先生现在正在创作故——"

"告诉他是《通讯》报社。"莫里森·皮肯斯说,"他也许会挤出点儿时间。"

秘书匆匆走进那道高大的白门，然后很快便蹦跳着出来了，门也没关，连气都没顾上喘就赶紧说道：

"请进，皮肯斯先生，请进，请进。"

索泽先生正在他宽敞的办公室里踱步。办公室的窗口悬着天鹅绒的窗帘，墙上挂着镶在白框里的花花狗狗的照片。他说："请坐。"但是没有转身看皮肯斯先生一眼，还是继续踱步。

莫里森·皮肯斯坐了下来。

索泽先生双手背在身后。他穿着铁青色的西服，夹了一个镶钻的领带夹。他黑色的头发微卷，在他的额头上形成了一座狭窄的半岛。他来来回回地走了三圈，然后大声喊道：

"全都是扯淡！"

"什么？"莫里森·皮肯斯问。

"你想知道的，你们这些狗东西浪费一堆时间编造出这些谎话，然后用谎话填满你们的版面，是为了什么？就是你们没有别的可以讲了！"

"您是在说贡达小姐的事吗？"

"我是在说贡达小姐！我说的不是别人，就是她！如果不是因为贡达小姐，我也不会跟你在这儿打太极！我真希望我们从来都没跟她签过约！她是我们从来都不应该碰的一个大麻烦！"

"别这么说啊，索泽先生。她的所有电影都是您出品的，您一定看上了她什么。"

"每部片子三百万美元，就是我看上的！除了这个你还能给我找一个更好的理由吗？"

"好吧，让我们说说您的下一部片子吧。"

"说什么？我们的下一部作品，会是史上最伟大、最精致，"——索泽先生停了下来，挥拳重重地砸了一下桌子——"而且投入最高的影片！你可以把这些告诉你们的报纸！"

"很好，我相信他们知道这些会很高兴。而且，他们一定也很想知道影片的……开拍日期。"

"听着，"索泽先生顿了顿，说，"全都是扯淡！你现在暗示的这些全都是扯淡！因为她根本没有消失！"

"我没说她消失了。"

"好，那就别说！因为我们知道她在哪儿，只不过这跟你没关系，明白吗？"

"我没打算说这个。我只是想知道贡达小姐有没有和你们签新合同。"

"没错,她签了。当然。肯定签。她差不多算是签了。"

"所以就是还没签?"

"她本来计划今天签。我的意思是说,她打算今天来签合同。她早就同意了,我们都商量好了——这么跟你说吧,"索泽的脸上写着大大的绝望,就像电影里那些渴求同情的人,"我担心的就是这些都和那个合同有关。她可能又变卦了,准备彻底告别银幕。"

"她是不是在摆姿态呢,索泽先生?我们听说她拍完每部片子都会发生这样的事。"

"是吗?要是你这两个月像我们一样跪在她屁股后面说尽甜言蜜语,你就开心了吧?'我不干了,'她说,'演这个有什么意义呢?这真的值得我去做吗?'天哪!我们一周给她一万五千美元,她却问值不值得做!"

"所以您觉得她这次是要彻底离开您了?而且您也不知道她去哪儿了?"

"我不喜欢你们这些记者。"索泽先生一脸的鄙视,"这就是我为什么不喜欢你们。我刚刚把我的麻烦事都告诉你了,都是轻易不会吐露的事情——结果你又回到了你那些扯淡的话上。"

"您是说您不知道她去哪儿了吗?"

"啊我的老天爷！我知道她在哪儿。她有一个姨妈，年纪不小了，从欧洲过来，现在生病了。她要去一个农场上照看她，农场在沙漠里面，听明白了吗？"

"好的，"莫里森·皮肯斯说，然后站了起来，"我明白了。"

对莫里森·皮肯斯来说，见法罗电影的编剧克莱尔·皮默勒是不用提前通报的。他只需要推门走进去。克莱尔·皮默勒的办公室大门总是向媒体敞开。凯伊·贡达迄今为止所有影片的剧本都是她写的。

克莱尔·皮默勒坐在一张低矮的长沙发中央。她坐的地方其实并没有特别的光源照亮，可是看起来像是有一盏聚光灯似的。她的衣服修身、现代，好像玻璃家具、吊桥和飞机所具有的高雅。她就像是伟大的人类文明落幕之前的最后一抹绚丽，严谨、干净、智慧，除了考虑人生最为微妙深奥的问题之外别无杂念。坐在沙发上的只是克莱尔·皮默勒的身体，她的灵魂在墙上。墙上挂满了放大的插画照片，都是她之前编辑的杂志上的。这些照片上有相拥的少男少女，有襁褓中啼哭的婴儿，还有能让最苦的咖啡变甜的那老妇人祥和的脸庞。

"皮肯斯先生，"克莱尔·皮默勒说，"很高兴见到您。

您的光临，真是令我蓬荜生辉。我有一个好故事给您。我一直认为，公众从来都不理解作家小时候的一些小事，是怎么在心理上影响到她未来的职业生涯的。您知道的，其实是这些小事塑造了人的一生。比如说我吧，七岁的时候，有一天我看到了一只折翼的蝴蝶，它让我想到了——"

"凯伊·贡达？"莫里森·皮肯斯问道。

"噢，"克莱尔·皮默勒说，她薄薄的嘴唇紧紧地闭在一起。然后她又张开嘴，补充说："所以您来这儿就是为了这个……"

"好吧，当然了，皮默勒小姐，我今天来您这儿——您应该猜得到。"

"我还真没猜到，"克莱尔·皮默勒说，"我从来不认为这个世上只有凯伊·贡达值得关心。"

"我只是想问问您对关于贡达小姐的传言的看法。"

"我还没有形成什么看法。我的时间很宝贵。"

"您上次见到她是什么时候？"

"两天前。"

"不是五月三日吗？"

"是五月三日。"

"那么，您有没有注意到她的行为有什么异常？"

"她什么时候行为不异常了？"

"您介意给我讲讲那天的事吗？"

"我当然介意啊。谁不介意呢？我那天下午开车去她家讨论她的下一个剧本。那个故事很不错！我连着讲了几个小时。她却坐在那儿就像是个木头人，一句话都不说，一声都不吭。她最缺乏的品质就是实干精神。她没有细腻的情感，完全没有！她的心中完全没有人与人之间那种伟大的兄弟情谊。完全——"

"她看起来是不是很担忧、很焦虑？"

"你在逗我吗，皮肯斯先生。在给贡达小姐算命之前，我还有很多更重要的事情要做。我现在能告诉你的，就是她不让往剧本里加一个小婴儿或者一条小狗。观众都很喜欢狗，你知道的，我们在内心其实都是兄弟姐妹——"

"她有没有提到当天晚上要去圣芭芭拉？"

"她什么也没有提到，她从来都是出其不意。我话说到一半，她就突然起身要走。她说她得赶紧换衣服，因为她要去圣芭芭拉吃晚饭，然后她补充说：'我最讨厌做慈善了。'"

"她说这话是什么意思？"

"她说的话有过什么意思吗？'做慈善'——想想看

吧！——和一个百万富翁吃饭！我立刻就忍不了了，简直是火冒三丈！我问她：'贡达小姐，你真的觉得你比其他人都要出色吗？'你猜她怎么说？'是啊，我倒希望我不用这么觉得。'"

"她有没有说别的什么？"

"没有。我这个人最受不了的就是自负，所以懒得再跟她聊下去了。现在也是如此。冒犯了，皮肯斯先生。但是这个话题实在没什么意思。"

"您知道贡达小姐现在在哪儿吗？"

"完全不知道。"

"但是如果她遇到什么事的话……"

"我会叫他们请莎莉·斯惠妮来演她的角色。我一直都想给莎莉写剧本。她那么甜美。恕我无礼，皮肯斯先生，我很忙。"

比尔·麦克尼特的办公室肮脏不堪，闻起来就像是台球室，墙上贴着他导演、贡达主演的电影的海报。比尔·麦克尼特自诩是一个天才加硬汉，谁要是想见他的话，就得坐在烟头和痰盂中间。他靠在转椅里，脚跷在桌子上，抽着烟。他的袖子挽到了胳膊肘以上，露出他布满汗毛的强壮手臂。他挥动戴着金蛇戒指的肥胖大手，招呼莫里斯·皮肯斯进屋。

"有话快说。"他说。

"我,"莫里森·皮肯斯说,"没什么话要说。"

"我,"比尔·麦克尼特说,"也没什么话要说,所以你可以走了。"

"你看起来不忙啊。"莫里森·皮肯斯说着,舒舒服服地在一个画架上坐了下来。

"我可不闲。别问我为什么,因为你忙的是同一件事。"

"我猜你是在说凯伊·贡达小姐的事。"

"不用猜,你本来就知道。但是我帮不了你,因为我一个字都不会说。而且,我从来都不想给她当导演。我宁可导胡安·图德的戏。我宁可……"

"发生什么了吗,比尔?贡达小姐惹着你了?"

"听好了,我把我知道的都告诉你,然后你就给我走,好吧?上周,我开车去她的海滨别墅,看到她在海上,骑着摩托艇穿梭在礁石之间。我觉得我再看下去的话就要被吓出心脏病了。后来她终于爬回到路上,浑身湿透了。'你这样迟早得把小命丢掉。'我对她说。她直瞪着我,回答道:'我不在乎。'接着,她又说:'没有人在乎。'"

"她真的这么说的?"

"是的。'听着,'我说,'如果你摔断了脖子,我他妈才不在乎。但是你会在拍我下一部片子时得肺炎!'她用她那种挑衅的表情看着我说:'可能没有下一部片子了。'然后她就径直走进了房子,她那个该死的仆人把我拦在了门外!"

"她真的说了这些?上周的时候?"

"千真万确。我当时应该反应过来的,就这样。现在你可以走了吧?"

"听着,我想问你——"

"别问我她现在在哪儿!因为我不知道!你还不明白吗?所有的那些大头儿都不知道,只是他们不愿意承认而已!你觉得我为什么一周拿三千块钱工资却在这里消极怠工呢?如果我们知道她在哪儿的话,早就叫警察把她抓来了!"

"你可以猜一下。"

"我不猜。我一点儿都不了解那个女人,我也不想了解那个女人。要不是那帮乡巴佬那么喜欢看着她意淫的话,我都不想有和她有什么关系!"

"噢,你这话我可没法登在报纸上。"

"我才不管你登什么。我根本不在乎你干什么,只要你现在立即出去，赶紧去——"

"去你们的宣传部——第一个就去！"莫里森·皮肯斯站起身来。

宣传部的办公室里，莫里森·皮肯斯被拍了四次肩膀，与四张迷惑的脸对视了半晌。他们好像从来没有听说过凯伊·贡达这个名字，或是听说过却要费很大力气才能想起来，想起来之后，却发现他们对这个名字一无所知。只有第五个人靠近莫里森·皮肯斯悄悄地说：

"哥们儿，我们什么都不知道。我们这些小喽啰不配知道这些事。只有一个人也许可以帮助你，也许可以，也许不能。去找米克·瓦茨吧。我保证那个小混混知道些什么。"

"真的？他改邪归正，不酗酒了？"

"才不是，他喝得比平时更凶了。"

米克·瓦茨是凯伊·贡达的私人发言人。他基本上被好莱坞的每一个工作室都开除过一遍，从东海岸到西海岸的每一家报社都不愿意收留他，但是凯伊·贡达把他带到了法罗门下。他们给他很高的薪水，他们拿他和坐在安东尼·法罗的约瑟芬躺椅上的大猎狗都没有办法。

米克·瓦茨一头闪亮的银发，面相不善，却有着一双婴儿般的蓝眼睛。他坐在他的办公室里,将头埋在桌上。莫里森·皮肯斯进门的时候,他抬起头,眼睛有如水晶般清澈——但皮肯斯知道其中空无一物,因为他的椅子下面醒目地躺着两个空酒瓶。

"今天天气不错嘛,米克!"莫里森·皮肯斯说。米克·瓦茨点点头,没说什么。

"不错,但是有点热。"莫里森·皮肯斯说,"超级热。咱们一起去喝杯冷饮?"

"我什么都不知道。"米克·瓦茨说,"你省点儿钱吧。出去!"

"你说什么呢,米克?"

"我什么都没说——你问我什么都是这句话。"

莫里森·皮肯斯看到桌上的打字机里有一张纸,纸上是米克·瓦茨写给媒体的一段话。莫里森·皮肯斯小声念道:

"凯伊·贡达不是你们想象中的贤良女人。她根本不打高尔夫,没有领养过孩子,从未捐助过流浪马医院。她没有孝敬过她亲爱的老母亲——她根本没有亲爱的老母亲。她不是你我一样的常人,也从未是过。她一丁点儿都不是你们这些杂种昼思夜想的那个女神!"

莫里森·皮肯斯鄙夷地摇着头,而米克·瓦茨却好像并不介意他看这张纸。米克·瓦茨只是坐在那里,盯着墙壁,好像忘记了皮肯斯的存在。

"你很能喝酒的,对吧?"莫里森·皮肯斯说,"我看你有点渴了。"

"关于凯伊·贡达,我一无所知。"米克·瓦茨说,"我都没听说过她……凯伊·贡达。名字很有创意嘛,是吧?我有一次去忏悔,很久以前了——他们跟我讲罪恶的救赎。如果你们想获得救赎,喊'凯伊·贡达'可帮不上你们的忙。多去教堂做做祷告——你们的心灵会重返圣洁。"

"我改主意了,米克。"莫里森·皮肯斯说,"我真的不会给你灌酒喝了,但是你吃点儿什么吧。"

"我不饿。我已经很多很多年没有体会过饥饿的感觉了。但是她现在很饿。"

"谁?"莫里森·皮肯斯问。

"凯伊·贡达。"米克·瓦茨说。

"那你知道她的下一餐是在哪里吗?"

"在天堂。"米克·瓦茨说,"在一个种满白百合的蓝色天堂。很白很白的百合。只是她永远也找不到。"

"我不懂你的意思,米克。可以再说一次吗?"

"你不懂？她也不懂。懂了也没有用的。试着挖掘这一切是徒劳的，因为你越去挖，手上就沾上越多的土，多得你擦都擦不完。世界上没有足够的毛巾来擦干净那么多土。毛巾不够。这是最大的问题。"

"我改天再来吧。"莫里森·皮肯斯说。

米克·瓦茨站了起来，跟跟跄跄地从椅子下面拿起一个酒瓶，吞了一大口酒，然后直起身子，举起酒瓶摇晃着，庄严地说道：

"伟大的追求，绝望者的追求。为什么只有绝望的人才去追求希望呢？我们为什么总是想看见希望？我们为什么明知否认希望的存在可以让我们活得更好，却还要追求希望？她为什么要追求希望？她为什么注定被伤害？"

"告辞了。"莫里森·皮肯斯说。

莫里森·皮肯斯的最后一站，是凯伊·贡达的工作室。她的秘书泰伦斯小姐还是像以往那样坐在这栋小屋的前台。泰伦斯小姐已经两天没有见过凯伊·贡达了。不过她还是尽着秘书的职责，九点整就准时到了小屋，在她的玻璃书桌前坐到了六点。泰伦斯小姐身穿一条黑裙，白色的领子很是耀眼。她戴着一副无边眼镜，镜片是方形的。她的指甲涂成了贝壳粉。

关于贡达小姐的消失，泰伦斯小姐一无所知。她最后一次见到贡达小姐是在对方去圣芭芭拉赴约之前。但是她怀疑贡达小姐当晚在晚餐之后回过工作室，因为次日早上她来的时候，发现贡达小姐的影迷来信中，有六封消失了。

2
GEORGE S. PERKINS

第二章
乔治·S. 佩金斯

亲爱的贡达小姐：

我不常看电影，但是我从未错过你的片子。你身上有我难以形容的特质，这样的特质我也曾有过，但那已经过去了太久。可我感觉你在替我保存着这样的特质，也在替所有人保存着它。你一定明白它是什么：当你还很年轻的时候，你意识到你活着是为了一个理想，这个理想是那样的远大，以至于你如履薄冰地追寻，但是你耐得住等待，你乐于等待。然而时光流逝，想要的却没有到来。然后有一天，你发现你不能再等了。等待变成了一件愚蠢的事，因为你自己都不知道在等待什么。当我面对自己的时候，我也不知道我在等待什么。但是当我面对你的时候——我知道了。

如果有一天，奇迹降临，你进入我的生活。我会放弃一切跟你在一起，拜倒于你的石榴裙下，献出我的全部生命，因为，你瞧，我仍是一个凡世的人。

诚挚的乔治·S.佩金斯

加利福尼亚，洛杉矶，南胡佛路

五月五日的下午，乔治·S.佩金斯升职了。他成了水仙花罐头公司的副经理。老板把他叫到办公室予以祝贺。老板说：

"如果我们只提拔一个人，那也会是你，乔治。"

乔治·S.佩金斯整理了一下他蓝绿条纹的领带，眨了眨眼睛，又清了清嗓子，然后说：

"这是我莫大的荣幸，我一定不辜负您对我的期望。"

老板说：

"我相信你会干得很好，老伙计。我们喝点儿刺激的[1]庆祝一下？"

乔治·S.佩金斯回答道：

"我不介意。"

于是老板就满上了两杯，杯子有红色的边沿，杯身印着醉汉斜倚在灯柱上的有趣图样。乔治·S.佩金斯起身端起了他的那杯，老板也端起了他自己的那杯，他们站在桌子的两边，杯子相碰。

"就看你的了，好样的！"老板说。

---

1 原文为止咳药，止咳药中因为含有让人放松的致幻成分，从而被作为毒品滥用，这种情况在二十世纪的美国屡见不鲜。——译注

"你也好运。"乔治·S. 佩金斯说。

他们一饮而尽,老板说:

"你现在肯定恨不得马上回家,把好消息告诉你太太。"

"佩金斯夫人会和我一样荣幸的。"乔治·S. 佩金斯说。

老板的办公室外面,广告经理——他也是这里公认的元老级人物——把乔治·S. 佩金斯金黄色的头发几乎揉作了一团,他说:"我早就知道你要有出息,老伙计,老伙计。"

乔治·S. 佩金斯在他的桌前坐下,继续做完一天的工作。他在同一张桌子前已经坐了二十年。他知道粗糙的木制桌面上的每一道纹路,也知道很久以前某人不小心用烟头烫出的一个黑点。可是他没有意识到桌子上的亮光漆是如何一点一点地剥落,最终露出灰色的木板。他没有意识到他指间的皮肤已经出现了皱纹,但他的手一直是一样的白,一样的柔软。他的指头相对于他的躯体来说显得太短,当他无助地攥起拳头时,他的手腕上会挤出一圈手镯似的褶皱,就像婴儿的手。

他的脸没有变,办公室更没有变,一切都是那么熟悉,怎么也逃脱不掉,就像他不能逃脱自己的容貌一样。柜子腿现在已经深深陷进了深棕色的地毯里,地毯的其他地方被阳光照得褪成了灰色,和深棕色的那一块形成了鲜明的对比。当家里有一场婚礼在等待他出现时，他坐在这里；当他的汽车销售员在二手车市场等待他去买他的第一辆车时，他坐在这里；当他的妻子在医院等待一个新的小生命进入他们的生活时，他还是坐在这里。他曾经希冀地、痛苦地、快乐地、疲惫地看着墙上的同一个地方发呆，就是那个看起来活像一只长耳朵兔子的小灰点。

窗边的架子上放着一层层花花绿绿的罐头，但颜色全都已经泛黄，无论是桃子还是苹果酱还是肉酱或者三文鱼。它们在架子上呆呆地站着，就像是一大堆矮胖的金属块。他有的时候会傻傻地想，要是这些金属块们都从橱窗里跳出来会怎么样。但是他很喜欢三文鱼的罐头，因为罐头上的图案是他向设计师提议的：白盘子上码上芹菜叶，上面再放上鲜嫩多汁的三文鱼片。设计师说："佩金斯先生，这真是个绝妙的主意。品位恰到好处，雅俗共赏。"

窗外是一眼望不到边的屋顶和烟囱。屋顶之上的天空是那种泥泞的棕色，混杂着一点点红，就像是洗过甜菜的水的颜色。但是棕色中间还有几抹粉，就像是春天含苞待放的花。乔治·S.佩金斯还记得，很多年以前，也是大概这样的时候，他望着远处楼房檐口上面的粉色，心里模模糊糊地想着，在房子之上，在粉色的天空之上，在某个遥远的国度，太阳正在升起。他想着，如果自己身处那遥远的地方，在自己身上会发生什么——在未来的某一刻会发生什么。但是这样的遐想没能持续太久，因为那里建起了一栋巨大的黑色大楼，楼顶还加了一个旋风机油公司的霓虹灯，于是日落便被一堆金属挡住了。

乔治·S. 佩金斯从他邮箱里的广告信件中抽出两封。一封是著名的高尔夫俱乐部寄来的索要会员费的信；另一封是一位高档裁缝寄来的。他在裁缝的地址周围画了一个红圈。他还想查查哪里有好的健身房，他觉得自己的肚子也该减减了。赘肉会影响他将来买的高档西装，尽管现在他的赘肉不是很多，但还是能看得出来。

旋风机油公司楼顶的霓虹灯亮了。巨大的字母闪烁着，标志的另一部分是用灯做出来的机油图案，有巨大的油滴从喷嘴中射向一个大桶。乔治·S. 佩金斯起身锁好了他的抽屉，哼着他蜜月时在纽约看的一出音乐喜剧的旋律。从广告经理身边走过的时候，他听到经理说："再会，再会！"

乔治·S. 佩金斯驱车回家，一路上吹着口哨，他吹的是《在那里》[1]。晚上的天气已经开始冷了，客厅的壁炉里有正燃烧着仿原木的炉火。薰衣草和炒菜的味道弥漫在客厅里。壁炉台上有一盏点亮的台灯，有两个大色子那么大，灯罩上还贴着很多威士忌的旧标签。

"你回来晚了。"佩金斯夫人说。

佩金斯夫人身穿一条绉纱连衣裙，胸前别着一枚巨大的人造钻石别针，不过别针总是敞开着，露出里面原本是粉色的衬裙。她穿着深灰色的瘦腿长袜，脚上是一双棕色的便鞋。她的脸像鸟的脸，一只暴晒在太阳底下、正在慢慢干瘪的鸟。她的指甲剪得特别短。

"噢，宝贝儿，"乔治·S. 佩金斯兴高采烈地说，"我这次晚回家可是有很不错的理由。"

"我完全相信，"佩金斯夫人说，"但是听我说，乔治·佩金斯，你得管管朱尼尔了。你儿子的算术又没及格。我一直都说，如果一个父亲对自己的孩子不闻不问，你觉得这孩子将来会有出息——"

"啊，亲爱的，我们就放过那小子一次吧——来庆祝

---

[1] *Over There*，第一次世界大战时期的美国歌曲，表达了美国人希望战争快快结束的心情。——译注

一下。"

"庆祝什么?"

"你觉得当水仙花罐头公司副经理的夫人怎么样?"

"那当然不错,"佩金斯夫人说,"不过我可没盼着有朝一日能够平步青云。"

"好吧,宝贝儿,你现在就是了。从今天开始。"

"哦,"佩金斯夫人说,"妈妈!你过来!"

佩金斯先生的岳母史莱夫人身穿一条宽松的丝绸连衣裙,白色的裙面上印着蓝色的雏菊和蜂鸟。她胸前挂着一串小粒的人造珍珠项链,已经开始泛灰的浓密金发上覆着一张发网。

"妈妈,"佩金斯夫人说,"乔治升职了。"

"哦,"史莱夫人说,"真是难得啊。"

"不不,你没理解,"乔治·S.佩金斯说,无助地眨着眼睛,"我现在是副经理——"他观察着她们的表情,发现毫无反应,又心虚地补充道,"——水仙花罐头公司的副经理。"

"哦?"史莱夫人问道。

"罗茜,"他温柔地说道,看向他的妻子,"我等了二十年了。"

"孩子,"史莱夫人说,"这没什么可炫耀的。"

"哦,但是我做到了……很长很长时间了,二十年了。你们都有点累了。但是现在……罗茜,现在我们可以轻松下来了……轻松……放下……"他的声音突然变得急切而年轻,"明白吗,放下这一切……"他又停了下来,然后抱歉地补充说,"我是说,可以轻松下来了。"

"你在说什么啊?"佩金斯夫人问道。

"宝贝儿,我有个……计划……回家的路上我一直在想……我计划了很久了,每天夜里我都在想,你知道吗……计划着……"

"真的?都不跟我商量商量?"

"噢,我……我只是自己瞎想罢了……你可能以为我以前……不快乐,但其实并不是这么回事,只有你知道是什么情况:你整天都在工作,工作,一切都进展得不错,可是突然之间,毫无来由的,你就觉得一分钟都忍不下去了。不过很快这种情绪就过去了。它总是会过去的。"

"我声明,"佩金斯夫人说,"我从没听你说过类似的事情。"

"哦,我只是想……"

"现在,什么都别想了,"史莱夫人说,"不然烤肉就全糊了。"

晚餐时,女佣端上烤羔羊腿配薄荷酱汁,乔治·S.佩金斯说:

"宝贝儿,我想的是……"

"首先,"佩金斯夫人说,"我们得买个新冰箱。旧冰箱现在只能当摆设用。如今已经没有人用冰柜了。塔克夫人……科拉·梅,你不能一次抹一整片黄油!你吃东西时就不能像个淑女吗?塔克夫人买了个新冰箱,简直太方便了。里面还有灯,什么都有。"

"我们的才用了两年。"乔治·S.佩金斯说,"要我看它还相当不错。"

史莱夫人说:"那是因为你太会过日子了,可你唯一节省的地方是你的家和你的家人。"

"我是在想,"乔治·S.佩金斯说,"你知道吗,甜心儿,精打细算的话,我们也许可以去度个假……一两年之内……去欧洲,比如瑞士或者意大利。那里有连绵不绝的山脉。"

"然后呢?"

"然后,还有湖。还有终年积雪的山峰。还有美丽的日落。"

"我们去那儿做什么呢？"

"嗯……嗯……就是休息，我猜。然后四处看看，差不多就是那样。你知道的，看看天鹅，看看帆船。只有我们两个人。"

"啊哈，"史莱夫人说，"只有你们两个人。"

"没错，"佩金斯夫人说，"乔治·佩金斯，你就是天天想着怎么浪费钱。我呢，天天省吃俭用，当牛做马，想着怎么能省下哪怕是一分钱。天鹅吗？好啊！但是在你去瞧那些天鹅之前，我们必须得买个新冰箱，我就说这么多。"

"没错，"史莱夫人说，"我们还得买一个蛋黄酱搅拌器，还有洗衣机。而且，我觉得我们应该考虑买辆新车了。"

"哎，"乔治·S.佩金斯说，"你们没理解。我不想买我们需要的东西。"

"什么？"佩金斯夫人问，她张大了嘴。

"拜托，罗茜，听着。你们必须理解……我想要的是我们根本不需要的东西。"

"乔治·佩金斯！你喝多了吧？"

"罗茜，如果我们又要这么再来一遍——买东西——付账单——车子、房子，还有牙医的账单——一切的一切——全都再来一遍——却不做其他的事情——永远不做——那我们就错过了最后一次机会——"

"你怎么了？你怎么突然变成了这样？"

"罗茜，不是因为我以前不快乐，也不是因为我不喜欢我的生活。我很喜欢它。只是……哦，就像我那件旧睡衣，罗茜。我很高兴能有那件睡衣，又漂亮又暖和又舒服，我还挺喜欢的，我也挺喜欢其他的一些东西。就是这样，就到此为止。可是不应该到此为止，在这之外还应该有别的。"

"哦，'我还挺喜欢的'！那是我为了你的生日特意买的上好的睡衣！这就是我得到的感谢！好吧，如果你不喜欢，就去换一件啊！"

"噢，罗茜，不是这么回事！那是一件很棒的睡衣。只是你知道吗，人不能为了睡衣而活，也不能为了其他类似的物件而活。这些物件都是好东西，罗茜，只是在这之外还应该有别的。"

"什么？"

"我不知道。就是这样。人应该知道。"

"他疯了。"史莱夫人说。

"罗茜，人不能为了那些对他而言没有意义的东西而活——我是说内在的意义。人应该追求的是那些令他们感到敬畏的东西——畏之而乐之。比如去教堂——不仅仅是去教堂。那些可以让他仰视的东西，高高在上的东西，罗茜……就是这样，高高在上。"

"好吧，如果你喜欢的是文化，我干脆也加入'月读书友会'[1]好了，怎么样？"

"噢，我就知道我跟你解释不清！罗茜，我现在只有一个要求，只有一个：让我们去度假吧。让我们试试。也许我们身上会发生什么事情……奇特的事情……你梦寐以求的那种事情。如果放弃我要做的事情，我就会变老，但是我不想变老。不想现在就变老，罗茜。不，老天，我不想现在就变老！就再给我几年时间，罗茜！"

"噢，我不在乎你的度假。你尽可以去度假——只要我们负担得起，只要你把那些重要的事情先做了。你得首先考虑那些重要的事情，比如买个新冰箱。好吧，我们的旧冰柜已经一塌糊涂。它已经完全不能保鲜了。我把一些苹果酱和……"

---

[1] the Book-of-the-Month Club，二十世纪流行于美国的读书俱乐部，其运行方式十分特殊，读者须寄回读后感才能获得下期的廉价图书。——译注

"妈妈,"科拉·梅说,"朱尼尔一直在从冰柜里偷苹果酱吃,我看见了。"

"我没有!"正吃着饭的朱尼尔扬起他那张苍白的脸,大喊道。

"你偷了!"科拉·梅尖叫道。

排行老三的亨利·伯纳德·佩金斯什么也没说。他抱着粥碗坐在他的高脚椅上,若有所思地往他那画着鹅妈妈的油布围嘴上流着口水。

"好了,"佩金斯夫人说,"假设是朱尼尔吃了苹果酱,可我不认为他能全都给吃掉。我敢打赌苹果酱已经坏了。那个冰柜……"

"我本来以为它运转正常。"乔治·S.佩金斯说。

"噢,真的?那是因为你从来都看不见眼皮底下发生的事情。你不在乎孩子们是不是吃了蔫掉的蔬菜。可是我告诉你,蔫掉的蔬菜最危险了。塔克夫人听过一个讲座,讲课的那位女士说,要是不能补充足够的维生素,孩子们就会得佝偻病。听见了吗?他们会得佝偻病!"

"在我那个年代,"史莱夫人说,"当父母的都会好好想想该用什么来喂孩子。看看那些外国佬,除了米饭他们什么都不吃,所以佝偻病才会盛行。"

"好了,妈妈,"乔治·S.佩金斯说,"您这是听谁说的?"

"噢,你以为我不知道自己在说什么吗?"史莱夫人说,"意思是只有你这个大商人才能告诉我们什么是正确的?"

"可是妈妈,我不是这个意思……我的意思是……"

"不用在乎,乔治·佩金斯。不用在乎,我完全明白你是什么意思。"

"不许跟妈妈这么说话,乔治。"

"但是罗茜,我没有……"

"罗茜,跟他说什么都没用。一个男人要是不讲体面……"

"妈妈,您能不能让我和罗茜……"

"我明白,我完全明白,乔治·佩金斯。如今这个时代,像我这样的老女人,只配闭上嘴巴等着进坟墓!"

"妈妈,"乔治·S.佩金斯鼓起勇气说,"我希望您不要……制造事端。"

"哟?"史莱夫人把她的餐巾撕碎扔进肉汁里,"你是这么想的?我是在制造事端?我对你而言不过是个负担吧,对吗?好,我很高兴今天你把话挑明了,佩金斯先生!

我这么缺心眼儿地为这个家卖命,原来它不是我的家!昨天我还在擦烤炉,把我的指甲都擦劈了!这就是我得到的回报!好好好,我这就滚蛋,我这就从你面前消失!"

她站起身来,摔门而去,她脖颈上柔软的褶皱颤抖着。

"乔治!"佩金斯夫人惊慌失措地瞪起眼睛,"乔治,你要是不道歉,妈妈没准儿真的要离家出走了!"

乔治·S.佩金斯抬起头,眨着眼睛,他突如其来地有了不顾一切的胆量。

"那就由她去。"他说。

佩金斯夫人一言不发地站在那儿,弓着背。然后她尖叫起来:

"你都到这一步了?你升职了之后就是这副嘴脸?回到家见谁咬谁,把你妻子的老妈妈一把扔在边上?你要是以为我会——"

"听好了,"乔治·S.佩金斯缓缓地说道,"我的忍耐是有限度的,我受够她了。她走了最好,这一天迟早是要来的。"

佩金斯夫人站直了身子,胸口的人造钻石别针"啪"的一声开了。

"乔治·佩金斯,你也听好了!"她尖细的声音在她喉咙上方的什么地方，干干巴巴地大口吸着气说，"如果你不跟妈妈道歉，如果你明早之前不跟妈妈道歉，我这辈子都不会再跟你讲一句话！"

"无所谓。"乔治·S.佩金斯说。这个保证他已经听过无数次。

佩金斯夫人抽噎着跑到了楼上的卧室。

乔治·S.佩金斯缓缓起身，漫步走上楼梯。他低着头，看着自己凸起的小腹，陈旧的台阶在他脚下嘎吱作响。科拉·梅好奇地盯着他，想看看他会去哪儿。路过佩金斯夫人的房间时，他没有拐进去。他慢悠悠地拖着步子走开了，沿着走廊来到他自己的卧室。

朱尼尔将胳膊伸向桌子对面史莱夫人的盘子，飞快地将她剩下的那片羔羊肉塞进了自己口中……

客厅的钟敲响了十点的钟声。

屋子里的灯全灭了，只有乔治·S.佩金斯的窗口透着昏暗的灯光。乔治·S.佩金斯坐在床上，在一件褪色的紫色法兰绒睡衣里缩成一团，若有所思地端详着他那双旧拖鞋的脚尖。

门铃响了。

乔治·S.佩金斯吃了一惊。太奇怪了。他的窗子就在屋前的门廊上方,可他没听到街上有脚步声,也没听到有人穿过草地,踏上门廊的硬水泥地面。

女佣晚上不在。于是他迟疑地起身,拖着步子走下楼梯,台阶仍然嘎吱作响。

他穿过黑暗的客厅把门打开。

"我的老天爷!"乔治·S.佩金斯说。

一个女人站在门廊上。她穿着一身平淡无奇的黑色套装,扣子一直系到下巴底下。她头上那顶黑色帽子像男帽似的有一道边,低低地压在眉头。他看见一只修长而迷人的手攥着一只黑色的手袋,手上那服帖的黑色手套在暗淡的夜色中泛着光泽。他看见帽檐底下她金色的头发散落在空气中。他从没见过那个女人,可那张脸,他却无比地、无比地熟悉。

"麻烦别出声,"她悄声说道,"让我进去。"

他用手捂住嘴,五根手指大大地叉开,呆呆地结巴着说:

"你……你是……"

"凯伊·贡达。"那个女人说道。

他的双手像砝码一般掉到了身体两侧,把他的胳膊也拽了下去。他费了半天劲儿才找到舌头在哪儿,努力地发出一个长音，话说出口却变成了这样：

"什——什——什么——"

"你是乔治·佩金斯吗？"她问。

"是——是的，"他结结巴巴地说，"是的，女士。乔治·佩金斯。乔治·S. 佩金斯。是的。"

"我惹上了点儿麻烦。你听说了吗？"

"是——是的……噢，我的天哪！是的……"

"我今天夜里得藏起来。能让我待在这儿吗？"

"这儿？"

"是的。就一个晚上。"

她说的不可能是他们所在的这个客厅。不可能是他的家。他不可能听到了刚刚所听到的一切。

"可是你……"他倒吸了一口气，"那……你怎么会……我是说，你为什么……"

"我看了你的信。我觉得没人会来这里找我。我相信你会帮我的。"

"我……"他差点噎住，"我……"噎回去的话烧灼着他的喉咙，他完全不知道该怎么发声了。"贡达小姐，你一定要原谅我，因为这样足以……我的意思是，如果我没说清的话……我的意思是，如果你需要帮助，你以后可以一直住在这儿，要是有人想……为了你，我什么事情都可以做……如果你需要我…… 我……贡达小姐！"

"谢谢你。"她说。

"这边走，"他低声说道，"别出声……这边。"

他领她上了楼梯，她像一道影子似的跟在后面。他沉重的脚步拖拖拉拉，却听不到一丝她的脚步声。

他关上房门，拉好百叶窗。他站在那里，盯着她苍白的脸，狭长的嘴，还有睫毛阴影里的那双眼睛。那双眼睛见过了太多东西，那双眼睛像一个声音，像很多声音，诉说着他想了解的什么事情，然而只有一个短暂的声音，最后那个声音，可以让他知道它们到底在诉说什么。

"你……"他结结巴巴地说，"你……你是凯伊·贡达。"

"是的。"她说。

她把手袋扔到他的床上，又摘下帽子，扔到他的梳妆台上。她拽下手套，他看着她那修长而透明的手指，看着她幻觉一般的双手，一时间心慌意乱，不知所措。

"你的意思是……你的意思是他们真的在抓你吗？"

"警察，"她说，然后又冷静地补充道，"因为谋杀，你知道的。"

"听着，他们不会抓到你的。不是你，那讲不通。如果有任何事情我可以……"

他止住了话头,用手捂住嘴。走廊里传来逼近的脚步声,沉重、匆忙的脚步声。拖鞋裸露的鞋跟敲打着地板。

"乔治!"佩金斯夫人的声音在门外响起。

"怎么了……亲——亲爱的?"

"刚刚谁按的门铃?"

"没……没人,亲爱的。有人搞错地址了。"

他们一动不动地站在那里,听着拖鞋声沿着走廊渐渐远去。

"那是我妻子,"他轻声说道,"我们……我们还是小声点儿比较好。她还好啦,但是……她肯定不能理解。"

"如果他们发现我在这儿,"她说,"你也会很危险。"

"我不在乎……我对那些不在乎。"

她缓缓地露出了笑容,就是他曾在银幕上看到过无数次的那个笑容。可是现在这张脸就在他面前,他可以看见她那苍白的双唇上一抹淡淡的红。

"这样,"他眨眨眼睛,无能为力地伸出双手,"用不着有什么拘束,你可以睡在这里。我……我下楼去客厅……"

"不用了,"她说,"我不想睡觉。你待在这里吧,跟我一起,我们有不少事情可以聊。"

"噢，是的，那当然……嗯……聊什么呢，贡达小姐？"

她坐到床上，没有应声，就好像这辈子她一直都住在那儿似的。

他坐在椅子的边沿，把旧睡衣的前襟紧紧地对在一起，心里模糊而痛苦地想着，真希望自己当时买下了百货公司打折促销的那件新睡衣。

她用那双苍白而探究的大眼睛看着他，好像在期待着什么。他眨了眨眼，清清嗓子。

"今天夜里挺冷的。"他喃喃地说道。"是啊。"

"这就是加利福尼亚的天气……所谓黄金西岸，"他又说道，"白天阳光普照，但是冷得跟……而夜里就变得更冷。"

"有时候是这样。"

他感觉到，她好像抓住了自己内心深处什么地方的某种东西，然后用她那奇异的蓝色手指拧住，正在往外拽。这让他一阵疼痛，一阵很久之前经历过的疼痛，而此刻，知道自己可以再度体验，他不禁无法呼吸。

"是啊，"他说，"夜里真的挺冷的。"

她说："给我支烟。"

他跳起来，在衣服口袋里摸索着掏出一盒烟，举到她的面前。烟盒摇晃着。他划了三根火柴才划燃了一根。她往后靠去，一个红点在香烟的一头摇晃。

"我……我抽的就是这种，"他喃喃地说，"抽完嗓子不会难受，是的。"

为了看到这个纤细的黑色身影坐在他的拼布被子上，他已经等了四十年——四十年。他并不相信这个梦想会实现，可是他一直在等。他知道自己一直在等。他想对她说些什么呢？

他说：

"乔·塔克——我的一个朋友——乔·塔克，他现在改抽雪茄了。不过我不抽，从来没抽过。"

"你有很多朋友吗？"她问。

"是的，当然，那当然。这是好事。"

"你喜欢他们吗？"

"当然，我挺喜欢他们的。"

"那他们喜欢你吗？他们尊敬你吗？在街上碰到会毕恭毕敬地跟你打招呼吗？"

"嗯……嗯，差不多吧。"

"你多大年纪了，乔治·佩金斯？"

"到六月份就四十五岁了。"

"要是你丢了工作,流落街头,你的日子可就不好过了。你会一个人孤独地待在昏暗的大街上,朋友走过时都当你是空气。你想尖叫,或者想冲上去跟他们讲话,但是没有人理睬,没有人应答。这样的日子不太好过,不是吗?"

"怎么会……什么时候……什么时候会发生这种事呢?"

"当他们发现我在这儿的时候。"她冷静地说。

"听着,"他说,"你不用担心,没人会发现你的。我也一点儿都不害怕。"

"他们恨我,乔治·佩金斯。他们恨所有跟我站在一边的人。"

"他们干吗要恨你?"

"因为我是杀人犯,乔治·佩金斯。"

"要我说,我才不信。我连问都不会问你,我就是不信。"

"如果你说的是格兰顿·塞尔斯的话……不,还是不要提他。我们不提他。尽管如此,我还是个杀人犯。比如我来了你这儿,然后我也许会毁了你的生活——你四十五年来积累下的一切。"

"那无关紧要,贡达小姐。"他低声说道。

"你经常去看我的片子吗?"

"经常去。"

"你看完出来的时候开心吗?"

"是的,当然了……不不,我觉得也许不太开心。有意思,我之前从来没有这样想过。我……贡达小姐,"他突然说道,"如果我告诉你的话,你不要笑话我。"

"当然不会。"

"贡达小姐,我……我每次看完你的片子,回家之后都会哭。我把自己锁在卫生间里,抱头痛哭,每次都是。我不知道为什么。我知道对于一个像我这样的成年人来说,这样做很傻……我从来没对任何人说过这件事,贡达小姐。"

"我知道。"

"你知道?"

"我跟你说了,我是一个杀人犯。我会杀死很多东西。我杀死人们生活的目标。但他们还是会来看我的片子,因为只有我才能让他们意识到,他们希望这种东西被杀死。他们希望自己能够为了更伟大的目标而生活。或者他们认为自己正在这样生活。而这就是他们全部的骄傲——他们认为,他们说,他们正在为了更伟大的目标而生活。"

"我——我恐怕没有听懂你说的,贡达小姐。"

"总有一天你会理解的。"

"不过,"他问道,"那是真的吗?"

"什么?"

"格兰顿·塞尔斯是你杀的吗?"

她看着他,没有回答。

"我……我只是在想你为什么要杀他。"他喃喃道。

"因为我忍无可忍了。人的忍耐有时会达到极限。"

"是的,"他说,"确实如此。"然后他的声音逐渐稳定起来,自然而自信。"你看,"他说,"我不会让警察抓你。就算他们把房子拆了,我也不会让他们抓你。就算他们往屋里扔毒气弹之类的,我也不会让他们抓你。"

"你为什么要帮我?"她问。

"我不知道……只是因为……"

"你在信里说……"

"噢,"他支支吾吾地说,"你知道,我还以为你永远都不会看那些垃圾。"

"那些不是垃圾。"

"噢,你一定要原谅我,贡达小姐,不过你知道影迷就是这样，我相信你一定有很多很多，影迷，我是说，还有来信。"

"我喜欢那种自己对别人而言十分重要的感觉。"

"如果我信里说了些太粗鲁或者不太礼貌的话，请你一定要原谅我。"

"你说你不快乐。"

"我……我不是要抱怨，贡达小姐，我只是……我该怎么解释呢？我觉得一路走来我错过了什么东西。我不知道它是什么，但是我知道我错过了它。我只是不知道为什么。"

"也许是你期望错过它。"

"不是。"他的声音很坚定，"不是。"他站起来，直直地看着她。"你看，我根本就不是不快乐。事实上我是个很快乐的人——就表面来看。可是在我的灵魂中，却有一种我从未有过的生活，一种从未有人有过的生活，但我希望过上那样的生活。"

"既然你意识到了，为什么不去过那样的生活呢？"

"谁过上了那样的生活呢？谁能过上呢？谁曾经有过……有过机会可以过上那样的'最好'的生活呢？我们都在妥协，我们总是止步于'次好'的生活，就是这样。但是……我们内心的神,它知道另一种生活……'最好'的生活……可是这种生活从未实实在在地到来过。"

"那么……如果它到来了呢?"

"我们会抓住它……因为我们的内心都有那个神。"

"那么……你真的希望一直都保有你内心的神吗?"

"瞧,"他疯狂地说,"我明白了:让他们来吧,让警察来吧,让他们现在就来抓你吧,任由他们毁了这房子吧。这房子是我盖的——我用了十五年才付清盖房子的花销。他们要想抓到你,就必须先把这房子踏平。让他们来吧,无论是谁……"

门被猛地推开。

佩金斯夫人站在门口。她的拳头将她那褪了色的蓝色灯芯绒长袍在胸口位置攥成一团,里面暗粉色的棉质睡衣垂到了镶着褪色天鹅绒蝴蝶结的粉色拖鞋的鞋尖。她的头发向后梳去,梳成了一个紧紧的发髻,一枚发夹滑到了她的肩膀上。她正在发抖。

"乔治!"她倒吸一口气,"乔治!"

"亲爱的,别出声……快进来……把门带上!"

"我……我觉得我听到了说话声。"发夹在她的肩胛骨中间消失了。

"罗茜……这位……贡达小姐,请允许我介绍——我的妻子。罗茜,这是贡达小姐,凯伊·贡达小姐!"

"真的吗?"佩金斯夫人问道。

"罗茜……噢,看着老天的分上!你能理解吗?这是电影明星贡达小姐。她……她遇上了些麻烦,你知道的,你听说过的,报纸上说……"

他绝望地转向他的客人,想寻求对方的支持。可是凯伊·贡达没有行动。她已经站起来了,但此刻只是站在那里,双臂无力地垂在身体两侧。她那双大眼睛眨都不眨地看着他们,里面毫无表情。

"这辈子我都知道你是个无赖,是个骗子,乔治·佩金斯!"佩金斯夫人说,"可这次你简直无耻之极!你竟敢把这个荡妇带进家,带进你的卧室!"

"噢,闭嘴!罗茜!听着!贡达小姐能来我们家,是我们莫大的荣幸……听着!我——"

"你喝多了,就是这么回事!在这个荡妇离开我们家之前,我一个字都不想再听你说!"

"罗茜!听着,冷静一点儿,看在老天的分上,听着,没有什么可激动的,简而言之,贡达小姐现在被警方通缉——"

"噢！"

"——是因为一起谋杀——"

"噢！"

"——所以她需要在这里过夜。事情就是这样。"

佩金斯夫人挺直身体，拽紧长袍，胸口位置的睡衣鼓了出来，褪了色的蓝色玫瑰和蝴蝶图案在暗粉的底色上摇摆着。

"你给我听好，乔治·佩金斯，"她缓缓说道，"我不知道你到底怎么了。我不知道，我也不在乎。我只知道，要么她现在给我出去，要么我现在出去。"

"可是，宝贝儿，你听我解释。"

"我不需要听任何解释。我现在就去打包行李，我还要把孩子们带走。我希望再也不会见到你。"

她的声音缓慢而冷静，他知道这次她是来真的。她等待着，他没有回应。

"让她出去。"她从牙缝里挤出这句话。

"罗茜，"他哽咽着喃喃说道，"我不能那么做。"

"乔治，"她低声说道，"十五年了……"

"我知道。"他没有看她。

"我们一直同甘苦共患难，对吗？同甘共苦，十五年。"

"罗茜，只是一个晚上而已……如果你知道……"

"我不想知道。我不想知道我的丈夫干吗要自找麻烦。风尘女子，或者是杀人犯，或者两者都是。乔治，我对你从来没有过二心。我为你付出了我的青春年华。我给你生了孩子。"

"你说得都对，罗茜……"

他看着她憔悴的面容，看着她薄唇周遭的细纹，看着她仍旧在胸口把褪色长袍可笑地攥成球的那只手。

"这不是为了我自己，乔治。你仔细想想，藏匿一个杀人犯会是什么下场？再想想我们的孩子。"

"你说得没错，罗茜……"

"还有你的工作。你刚刚升职。我们还要给客厅添置新的窗帘，绿色的那套，你最喜欢的。"

"是啊，罗茜。"

"如果他们听说了这件事，绝对不会把你留在公司里。"

"没错，罗茜。"

他绝望地寻求着那个黑衣女人的一个回应或一个眼神。他希望她能做出决定。然而她却无动于衷，就好像这一切与她毫不相干似的。

"想想孩子们，乔治。"

他没有回应。

"我们一直生活美满，对吗，乔治？十五年啊……"

他想到窗外那黑暗的夜晚，想到夜晚尽头那无边的世界，一无所知，而又充满威胁。他喜欢他的房间。罗茜花了一年半的时间给他做了这条被子。而那个女人有一头金发，一头寒冷的、黄金一般的金发，永远没有人敢去触碰。他生日的时候，罗茜给他织了梳妆台上那条蓝绿条纹的领带。而那个有着一双白色纤瘦小手的女人，看起来不像是真人。再过一年，朱尼尔就该上高中了；他一直在想朱尼尔能上哪所大学，到时候，他会穿上黑色长袍，戴上可笑的方帽。而那个女人的笑容让他一阵疼痛。罗茜会做这世界上最好吃的玉米馅饼，正是他喜欢的味道。那个副财务主管一直嫉妒他，一直想当副经理，如今这一仗他赢了。那家高尔夫俱乐部有城里最厉害的人脉，会员个个都是社会名流，声名显赫，受人尊敬；他们清清白白，从不会因为一起谋杀案，而让自己的指纹出现在警方的档案里，或者让自己的照片出现在报纸上。而那个女人刚刚在谈论一条昏暗的、孤独的大街，让你想要尖叫……尖叫……尖叫……罗茜是一位好妻子，勤劳，耐心，忠诚。他还有二十年可活，或许有三十年,不会更多。在那之后,生命就走到了终点。

他转向那个黑衣女人。

"贡达小姐,我很抱歉,"他的话掷地有声,就像一位副经理正在吩咐自己的秘书,"但是鉴于这样的情况——"

"我明白。"凯伊·贡达说道。

她走到梳妆台前,戴上帽子,并且把它拽到眉头。她戴上手套,然后从床上拎起手袋。

他们安静地走下楼梯,他们三个。然后乔治·S.佩金斯开了门,凯伊·贡达转向佩金斯夫人。

"对不起,"她说,"我搞错地址了。"

他们站在那里,看着她在街上走远。那是一个纤细的黑色身影。在一盏路灯的光晕中,她那黄金般的头发闪出了一道光。

然后乔治·S.佩金斯搂住了妻子的腰。"妈妈睡了吗?"他问。

"我不知道。怎么了?"

"我觉得我应该进去跟她聊几句,算是道个歉吧。她对买冰箱比较有经验。"

3
JEREMIAH SLINEY

第三章
耶利米·斯里尼

亲爱的贡达小姐：

您是这世上最伟大的电影明星。您的片子是最棒的。我要发自内心地感谢您，感谢您在我们的晚年给我们带来的欢乐。电影明星很多，但她们和您不是一回事。没有一个人跟您一样，也永远都不会有人跟您一样。我和我妻子热切地期待着您的每一部片子，每一次上映我们都会从头看到尾，直到第二天才回家。对我们来说，事情不仅是喜欢您这么简单。去看您的电影就像是去教堂，甚至感觉还要更好。我一直不明白的是，有时您演的是一个坏女人，但在我心中，您却始终是圣母的形象，我不知道为什么会这样。您就像我们从未拥有过的一个女儿。我和我妻子有三个孩子，其中有两个是女孩，但她们和您不是一回事。我们都是老家伙了，贡达小姐，您就是我们的全部。我们想感谢您，不过却不知该说些什么，因为我从来没给像您这么出色的一位女士写过信。若是有缘能让我们为您做些事情，好表达对您的感激，那么，已经来日无多的我们,死也会死得开心一点儿。

耶利米·斯里尼 敬上

加利福尼亚,洛杉矶,文图拉大道

五月五日的晚上,耶利米·斯里尼正在庆祝他的金婚纪念日。

桌子摆在客厅中央。斯里尼夫人拿出了最好的一套银餐具,一整个上午都在擦拭。此刻,她小心翼翼地把它们放到悬在天花板上的黄铜油灯底下。

"我们今天吃火鸡吗?"早上的时候她问。

"当然。"耶利米·斯里尼回答。

"只剩下最后一只了,老爸。我本来想,要是把它拿到城里去,也许可以卖上——"

"哎,老妈,你这辈子只有一个金婚纪念日。"

于是她叹了口气,拖着步子去后院抓火鸡。

桌子上准备了九个人的餐具,孩子们都回来庆祝了。柠檬戚风派端上来之后,耶利米·斯里尼顽皮地眨眨眼,然后打开了一罐他最好的苹果酒。

"噢,"他"咯咯"地笑着说,"这个场合得喝点儿酒。"

"你很清楚,"大女儿尤斯塔斯·亨尼西夫人说,"我从来不碰那东西。"

"让我喝莫迪那份。"小女儿扎克·芬克夫人说。

"好了,好了,"扎克·芬克喜气洋洋地说,"开心时刻,每个人都得喝点儿,不会伤着的。一天一小杯,医生远离我。"

"我绝对一点儿都不会让梅丽莎喝。"尤斯塔斯·亨尼西夫人说,"我不知道别人怎么做,可是我的女儿,要像淑女那么养。"

耶利米·斯里尼倒了八杯酒。作为唯一一个年龄足够上桌的孙辈,梅丽莎·亨尼西幽幽地看了她母亲一眼,但是什么都没有说。梅丽莎·亨尼西本来就很少说话。虽然母亲坚持说她今年只有十八岁,但实际上她已经二十岁了。她浅棕色的头发打着小卷,脸颊两侧的波浪形状不太成功,脸上还长满了层出不穷的粉刺。她穿着一条点花薄纱的绿色长裙,缀着时髦的大褶边,僵硬地高高堆在肩膀上。她的脚上穿的是一双流苏鞋舌的棕色平底牛津鞋,手上则戴着一块崭新的皮带腕表。

"来上一杯!社会上都这么说。"尤利西斯·S.格兰特·斯里尼夫人傲慢地举起酒杯。

"噢,别玩这些花哨的东西,安吉丽娜。"尤利西斯·S.格兰特·斯里尼闷闷不乐地说。他的鼻子很长,脖子很细,显得衣领太宽了。他看上去总是闷闷不乐。

安吉丽娜·斯里尼耸了耸肩。她那赛璐珞[1]的大耳环叮叮当当地撞在脖子上，手上的五个手镯也叮叮当当地撞在腕骨的关节上。

"干杯！"扎克·芬克吼道，"让我们干杯！"

"噢，"耶利米·斯里尼颤颤巍巍地驼着背站起来，尴尬地伸出双手。他左手的食指缺了一截。"好了，现在，我这辈子从没……我不知道怎么说……我……"

"让我替你说。"扎克·芬克跳了起来。他身材很高，圆滚滚的肚子外面套着背心，圆圆的脸上露出笑容，鼻子很短，鼻孔很大。

"敬上帝的太阳底下最棒的一对小父母，"扎克·芬克快活地说道，"快乐的一家，拥有无尽的快乐。虽然这儿很简陋，但是哪儿都比不上我们的老农场。"

尤斯塔斯·亨尼西夫人用胳膊肘轻轻撞了一下她的丈夫。尤斯塔斯·亨尼西睡着了，那张长脸正在盘子上方不停地点着头。他猛地动了一下，伸出一只手去摸他的杯子，另一只手则伸向他的胡子，机械地把它拧成一根油光铮亮

---

[1] celluloid，一种塑料。——译注

的黑色尖针。

然后,除了梅丽莎,他们全都干了一杯。

耶利米·斯里尼夫人默默地坐在桌首的阴影里。她的两只小手交叠着放在膝上,泛白的双唇微笑着送出温柔而无声的祝福。她面色安详,犹如一位生了皱纹的小天使。她光滑的白发梳得整整齐齐,在脑后紧紧地挽成一个发髻。她穿着她最好的一条紫色塔夫绸长裙,不过打了补丁,还围着一条黄色的蕾丝小披肩,上面别着她最好的那枚金别针,只是光泽有些暗淡。

"好了,"尤斯塔斯·亨尼西夫人说道,"老农场也好,其他的那些也好,全都非常棒。不过,我倒是认为你们应该修修那条路了,老爸。说实话,一路开车过来,五脏六腑都快颠出来了。"

"噢,"安吉丽娜·斯里尼说,"原来你有时候也能担点儿责任。天知道,这事儿你可不常干。"

"需要说的时候,"尤斯塔斯·亨尼西夫人说,"我就会找个人说的。"

"好了,莫迪,"尤斯塔斯·亨尼西打着哈欠说道,"那条路还不算太烂。你应该去看看,这个国家还有许多比这更差的路,人还不得不走。"

尤斯塔斯·亨尼西是一家化妆品厂商的旅行推销员。

"有些人当然不得不走,"扎克·芬克夫人说,"但话说回来,有些人就不用去走。"

扎克·芬克拥有自己的生意,南大街上的一家二十四小时餐馆——扎克餐馆。店里有一台电咖啡机,柜台前还有八张凳子。

"好了,好了,弗罗贝尔,"耶利米·斯里尼感觉到了危险,"只要老天允许,我们都在尽力而为。"

桌子收拾干净之后,他们仍旧坐在那破旧的硬椅子上,围成一圈,一言不发地盯着窗外。灰色的野草温柔地拂着窗台,发出沙沙的声响。耶利米·斯里尼点起烟斗,尤斯塔斯·亨尼西点燃雪茄,安吉丽娜·斯里尼则在她大姑子恶狠狠的目光中点起一根香烟,梅丽莎也神秘地消失在了厨房里。这时,耶利米·斯里尼夫人温柔地叹了一口气,两只小手紧张地握紧又松开,然后怯怯地说道:

"那个,关于抵押……后天就是截止日期了。"死一般地寂静。

"真有意思,最近怎么有那么多人开车来这儿?"扎克·芬克说。他看着山里远远的车灯灯光,"还是在这么晚的时候。而且还是在山里。"

"如果我们不付钱，他们就要把房子收走。我是说抵押人。"耶利米·斯里尼夫人说。

"日子不好过啊，"尤斯塔斯·亨尼西夫人说道，"各有各的麻烦。"

"如果……要是失去这样一座老房子，实在太丢人了。"耶利米·斯里尼"咯咯"地笑着说。他蓝色的双眼在一层潮湿的白雾后面闪烁着，温和而苍老的脸上露出了迟疑的笑容。

"我们各有各的十字架要背，"尤斯塔斯·亨尼西夫人叹了一口气，"时代不一样了。就拿我们来说，总得为梅丽莎的未来考虑考虑。现在这个时代，女孩子得有点儿陪嫁才能找到丈夫。男人们没那么容易满足。我们可不像自己有生意的那些家伙。"

"朱尼尔得了百日咳，"扎克·芬克夫人连忙说道，"医生的账单太可怕了。我们永远都还不清这笔债。我们可不像从来不知道做父母的滋味的那些人。"

她厌恶地看着安吉丽娜·斯里尼，安吉丽娜耸了耸肩，耳环叮当作响。

"不用像别人似的九个月就产一窝仔，这的确是件好事，"尤利西斯·S.格兰特·斯里尼闷闷不乐地说，"不过人总得考虑一下未来。我去把那个肉案子买下来怎么样?想想看,下半辈子我都要给别人做汉堡了,这事儿怎么样?"

"我们已经在这座房子里住了五十年,"耶利米·斯里尼夫人又温柔地叹了一口气,"天哪!我们将来该怎么办?"

"把那些鸡蛋都卖掉,"耶利米·斯里尼叹着气,"还有最后那头牛……可我们还是凑不够欠抵押人的那笔钱。"他"咯咯"地笑了起来。他说话的时候总是"咯咯"地笑,迟疑的、低声的笑,听起来就像是呻吟。

"天哪!"耶利米·斯里尼夫人叹着气,"我们这……可怜的房子。"

"日子不好过啊。"尤斯塔斯·亨尼西夫人说。一片寂静。

"好了,"扎克·芬克吵嚷着跳了起来,"快到十一点了,回家还得开将近二十英里的路。我们该走了,弗罗贝尔,该上床睡觉了,早上要早起,早起的鸟儿有虫吃。"

"我们也得走了,"尤斯塔斯·亨尼西夫人站起身来,"梅丽莎!那姑娘去哪儿了?梅丽莎!"

梅丽莎从厨房里钻了出来,粉刺底下,她的脸蛋红扑扑的。

到了门口，他们互相亲吻和握手。

"老妈，你们也快点上床吧，"扎克·芬克夫人说，"别熬着夜瞎担心了。"

"好了，再见各位。"扎克·芬克一边往车里钻一边说，"高兴一点儿，保持笑容。阳光总在风雨后。"

尤斯塔斯·亨尼西夫人奇怪梅丽莎上车时为什么摇摇晃晃，就好像找不到车门似的。

耶利米·斯里尼先生和夫人站在路上，望着三个小小的红点低低地掠过地面，在一团尘土中颠簸着开走了。

然后他们回到屋里，耶利米·斯里尼锁上了房门。

"天哪！"耶利米·斯里尼夫人叹着气，"老爸，我们这可怜的房子。"

他们吹灭了所有的灯，拉上了百叶窗。耶利米·斯里尼夫人换上了她柔软的法兰绒睡衣，正准备上床。这时，她突然停住脚步，侧耳倾听。

"老爸。"她警觉地轻声说道。

耶利米·斯里尼把毯子从头上拽下来。

"怎么了？"

"老爸，你听见了吗？"

"没有，听见什么？"

"好像……好像是有人来了。"

"瞎说，可能是兔子。"

突然有人在敲门。

"老天保佑！"斯里尼夫人低声说道。

耶利米·斯里尼摸索着找到拖鞋，往肩膀上扔了一件旧外套，然后毅然地拖着步子朝门口走去。

"谁呀？"他问。

"拜托请把门打开。"一个低沉的女人声音轻轻地说道。

耶利米·斯里尼打开了门。

"有什么我可以……噢，天哪！"一顶黑色的帽子下面是一张苍白的脸，一看见那张脸，他立刻就认了出来，于是止住话头，重重地喘着气。

"我是凯伊·贡达，斯里尼先生。"黑衣女人说道。

"我知道！"耶利米·斯里尼说。

"可以让我进去吗？"

"可以让您进来吗？可以让您进来吗？噢，我会成为一个——请进，女士，进来，进来……老妈！噢，老妈！快来！噢，天哪！"

他一把将门拉开。她走进来，小心地把门关上。斯里尼夫人蹒跚着走了过来，然后在门口僵住了，她吃惊地用手捂住嘴。

"老妈！"耶利米·斯里尼喘着粗气说，"老妈，你敢相信吗？这是凯伊·贡达，那个电影明星，就是她本人！"

斯里尼夫人点点头，眼睛大睁着，发不出一丝声音。

"我在逃亡，"凯伊·贡达说，"我得躲起来，警察要抓我。我没有地方可去。"

"噢，天哪！噢，老天哪！"

"你听说了我的事，对吗？"

"我听说了吗？当然，谁没听说呢！报上说……"

"是……谋杀！"斯里尼夫人低声说道，她的喉咙哽住了。

"我能在你们这儿过夜吗？"

"这儿？"

"是的。"

"您是说——就在这儿？"

"是的。"

"老天爷啊！哎呀……哎呀，当然可以，女士。哎呀，当然！哎呀，您能来我家，是我们的荣幸，而且……而且……"

"是我们的荣幸，女士。"斯里尼夫人行了一个屈膝礼。

"谢谢你们。"凯伊·贡达说。

"只是，"耶利米·斯里尼喃喃道，"只是，您怎么……我是说，您怎么能……我是说，您为什么，从那么多地方里……"

"我收到了你的信，而且没有人会在这里找到我。"

"我的……信？"

"没错，你写给我的信。"

"噢，天哪！那封信，您收到了？"

"是的。"

"您看了？"

"是的。"

"然后您……您就来了这儿，要躲起来？"

"是的。"

"好吧，希望奇迹不要终止！哎呀，女士，就当在自己家里一样。把帽子摘了，坐下来。别担心，没有人会在这里找到您。要是有警察来这儿问东问西，别怕，我有枪！就当在自己——"

"等等，老爸，"斯里尼夫人说道，"这样不合适。贡达小姐累了。她需要一个房间,一个睡觉的地方,现在已经很晚了。"

"女士,这边走,这边,这是一个空房间。我们有一个很不错的空房间。没有人会打扰您。"

耶利米·斯里尼推开一扇门,深深地鞠了一躬。他们请客人进了门,然后气都不敢出地连忙跟在后面。房间里弥漫着干草和腌菜的味道。斯里尼夫人赶紧扫掉了窗台上的一张蜘蛛网。

"这张床是您的。"斯里尼夫人说道。她匆匆拍打着枕头,又拽下来一条打着补丁的棉毯。"一张不错的软床,女士。请随意一些,像只小猫咪一样入睡吧。"

"我很抱歉,女士,贡达小姐。这个地方配不上像您这样一位伟大的女士,但它现在属于您了,这一整栋房子都属于您了……哎呀,我猜在你们电影明星住的地方,肯定有很多特别棒的房子!"

"这里非常不错,谢谢你们。"

"小心这把椅子,女士。它不太稳……我猜他们拿摄像机拍电影的时候,您肯定会害怕,对吗?"

"我会再给您拿一条毯子过来,这儿夜里特别冷……哎呀,贡达小姐,您的衣服太漂亮了!我猜要买它至少得花二十美金。"

"一会儿我用那个大水罐给您装点儿水,女士。再拿几条干净毛巾……天啊,您看起来就跟电影里一模一样!我一眼就认出您来了!"

"贡达小姐,那个家伙用那把大刀捅你的时候,你受伤了吗?就是去年的那部电影里。"

他们紧张而热情地整理着房间,视线一刻都没有从这位访客的身上挪开。她纤细的身影映在白墙上,头发看起来就像一朵黑色的大花,纠缠在一起的花瓣正肆意地飞扬。

"谢谢你们。"她说,"这里很舒服……不用太麻烦了。我不想让你们过于操劳。不过,我得警告你们,把我留下来会很危险。"

耶利米·斯里尼骄傲地挺直了腰。

"别担心,贡达小姐。绝对没有警察能把你从耶利米·斯里尼的房子里抓走。除非我死了!"

凯伊·贡达微笑着看他们。她圆圆的眼睛清澈、无邪,就像一个脆弱的小女孩,一个非常小的小女孩。她的身体那么脆弱,显得她身上的裙子太沉重了。她倚在梳妆台上,她的手看上去就像是未经打磨的水晶,点缀着一根根淡蓝色的血管。

"你们真是好人,"她缓缓地说道,"可是为什么要冒这个险呢?你们都不认识我。"

"贡达小姐,"耶利米·斯里尼说,"您……您不知道您对我们意味着什么。我们都是老家伙了,贡达小姐,可怜的老家伙。我们的生活中从没有过像您一样的事物。警察,当然!您在教堂里可不会考虑警察,贡达小姐,如今有您在这个房间,我们就完全不会考虑警察了。要是……哎呀,您一定得原谅像我这么一个胡说八道的老傻瓜。您休息吧,什么都不用担心。需要什么就叫我们,我们就在隔壁房间。晚安,贡达小姐。"

房子里没有声音,也没有光线。窗外,蟋蟀在高高的草丛里鸣叫,尖锐刺耳,连绵不绝,仿佛一把电锯在不停地哀鸣。一只鸟在什么地方发出短促的尖叫,接着仿佛噎住般停下来,然后又开始尖叫。一只飞蛾用它那干枯的翅膀一下下地拂着窗纱。

凯伊·贡达和衣躺在床上,将手枕在脑袋底下,一动不动。她那双窄窄的黑色舞鞋交叉着放在褪了色的旧毯子上。

寂静之中,她听到隔壁房间的床"吱呀呀"地响了一声，是有人在翻身。她听到有人重重地叹了口气，接着又恢复了寂静。

然后她听到了谁在说话，一个温柔的声音压低了嗓门，嘶哑地说道：

"老爸……睡着了吗，老爸？"

"还没有。"

那个女人叹了口气，然后又轻声说道：

"老爸，后天……抵押就……"

"是啊。"

"要七百美金。"

"是啊。"

有人在翻身，床又吱呀呀地响了起来。

"老爸……"

"怎么了？"

"他们会把房子收走。"

"是啊，肯定会的。"

寂静之中，那只鸟在远处尖叫了一声。

"老爸，你说她睡着了吗？"

"应该睡着了。"

"是谋杀，老爸……"

"是啊。"

他们又不说话了。

"她杀的是个有钱人,老爸。"

"是最有钱的人。"

"想想他的家人,他们肯定很想知道她在哪儿。"

"女人,你在说什么啊?"

"噢,我只是在想……"又是一片寂静。

"老爸,要是有人告诉他们,他的家人,她在哪儿,肯定对他们来说很有用,对不对?"

"你这个老……你想……"

"我猜他们肯定愿意付一笔报酬,没准有一千美金。"

"什么?"

"没准有一千美金……"

"你这个丑老太婆!闭上你的嘴!不然我掐死你!"

长久的寂静。

"老妈……"

"嗯?"

"你真的觉得他们会……他们会给……一千美金?"

"肯定会,他们有很多钱。"

"噢,闭上你的老嘴!"

一只飞蛾猛烈地撞着窗纱。

"老爸,我们可怜的房子,我们下半辈子全靠它了。"

"是啊……"

"他们给银行抢劫犯开出的赏金比这还要多,真的。"

"你对上帝一点儿敬畏之心都没有,没有!"

"五十年了,老爸。我们在这座房子里住了五十年,现在年迈力衰,却要被赶到大街上。"

"是啊……"

"而且孩子们都是在这儿出生的……就在这个房间里,老爸……"

"是啊……"

"有了那一千美金,哎,我们就能在这座房子里住到老死了……"

他没有回应。

"而且还可以盖个新鸡窝,我们一直特别想盖的。"

长久的寂静。

"老妈……"

"怎么了?"

"我们……我们应该怎么做?"

"很简单。我们趁她睡着偷偷溜出去,她不会听到的。我们去警察局,带一队警察回来,很简单。"

"要是她听到了怎么办?"

"她不会听到的,就是我们得抓紧时间。"

"那辆老卡车发动的时候响得太厉害了。"

"没错。"

"告诉你怎么办。我们两个把它推出去,多走几条路,离房子远一些再上车打火。"

他们匆匆穿上衣服,没有发出一点儿声响,只是开门关门时嘎吱了一下。他们把卡车沿着车道推出去,轮胎滚在路面上的摩擦声仿佛一声叹息,湮没在草丛当中。

一辆闪闪发光的小汽车猛地停在了门前,刹车器尖锐作响。车头灯耀眼的白光射向远处,刺破了黑暗。两个身穿黑色制服的男人从车上跳了下来,他们的纽扣闪耀着光芒。耶利米·斯里尼跟在他们后面爬了下来,外套还没来得及系上。

他们冲进凯伊·贡达住的那个房间,却发现里面空无一人。只有一种奇异的淡淡香味,仍旧萦绕在空气之中。

4
DWIGHT LANGLEY

第四章
德怀特·朗格力

亲爱的贡达小姐：

你不认识我，但在这个世界上，我只认识你。你从没听过我的名字，但所有人都将听到我的名字，通过你听到我的名字。

我现在还是一个不知名的画家，但是我知道我将来一定会家喻户晓，因为我高举着神圣的不败旗帜——你。我的画里全都是你，你是我每一张画布上站立的女神。

我从未见过你的真身，但是我不必见你。我闭着眼睛就可以画出你的脸，因为我的灵魂永远倒映着你的光辉。我的画就是一部收音机，播放的歌曲全都是你。我没有生命，只有画；我没有画，只有你。

总有一天你会从人们嘴里听到我的名字。这只是我为你写的第一篇颂词，我是虔诚信仰你的牧师——

德怀特·朗格力

加利福尼亚，洛杉矶，诺曼底大街

五月五日的晚上，德怀特·朗格力的最新作品《痛》拿

到了展览上的一等奖。

他依墙而立，与蜂拥而来的人群握手，对他们点头、微笑，在旋涡中停留了几分钟。他像块岩石一样矗立在那里，一块孤独的、不知所措的岩石，被逼到了墙角。握手的间隙，他用手背抹了抹额头，冰凉的手背冷却了滚烫的眼睑。他微笑着。他没时间闭嘴，他面庞紧绷且黝黑，咧开的嘴露出一口白牙。他的眼睑半合着，挡住了那双傲慢的黑色眼睛。

他的身边弥漫着一层蓝色的烟雾。高大的窗户外面，电车隆隆驶过。白色的灯汇成溪流，翻滚着涌过街道，卷起波光粼粼的浪花，冲刷着大楼的外墙；闪烁的灯牌涌到了更高的楼顶，甚至高高地悬在空中，变成几点蓝色的星星；他觉得天花板上那些巨大的白色灯泡，那些仿佛漂在他头顶的白色灯泡，都是从下面的街道溅上来的；那座烈焰熊熊的城市把它们送到他的身边，以示问候。

纷至沓来的脚步在大理石地板上隆隆作响。一件染了银霜的深色狐狸毛大衣在人潮中忽隐忽现。墙角的黑色花瓶里，一束蓝色的鲜花耷拉了下来。各种美妙的香气混合在一起，像一层浓雾罩住了灯光，让他觉得无法呼吸。

墙上，一幅幅画作突破浓雾，清晰而耀眼地挂在那里。

它们好像一排整齐的士兵,正为自己刚刚的战败而无比自豪。它们当中只有一个胜者,就是他的那幅画作。

德怀特·朗格力点着头,微笑着,说着连自己都听不清的话。他听见人群中传来窃窃私语:"凯伊·贡达,当然了……凯伊·贡达……仔细看看那个笑容……那张嘴……凯伊·贡达……哎,他……还有她……你不觉得……噢,不!嗨,老兄,他从没见过她……我敢打赌……他从没亲眼见过她,我告诉你……那是真的凯伊·贡达……凯伊·贡达……凯伊·贡达……"

德怀特·朗格力微笑着。他回答着别人的问题,但一转眼就全都忘了。他只记得那让他无法呼吸的香气。他记得那灯光;记得跟他相握的手;记得那些话,那些他一直祈祷,久久祈祷,祈祷能从那些满脸皱纹的老家伙口中听到的话。他们掌握着他的命运,掌握着成百上千跟他一样的年轻人的命运。还有一个戴眼镜的女记者一直追问他是在哪儿出生的。

然后有人搂了搂他的肩膀,有人晃了晃他的身子,还有人趴在他的耳边大声吼道:"嗨!朗尼[1],老朋友,当然

---

[1] 朗格力的昵称。——译注

要去庆祝一下！"于是他跌跌撞撞地走下一层又一层的楼梯，坐进某人的敞篷车里。他没戴帽子，冷风撕扯着头发。

他们坐进一家热闹的餐馆，人挤着人，桌子挤着桌子。服务生高举着餐盘，在人缝里侧身滑动。德怀特·朗格力不知道自己这一伙人占了多少张桌子，也可能所有桌子都被他这伙儿人占了。他只知道很多双眼睛都在看他，他的名字在人群中不断回响。他不愿错过每一个音节，却摆出一副不胜其烦的样子。玻璃杯中黄色的液体泛起泡沫，很快就空了，然后红色的液体又泛起泡沫，很快又空了。接着乳白色的液体混着生奶油淌过桌面，他对面的一个家伙正在高声喊着要姜汁汽水。

德怀特·朗格力趴在桌上，额头搭着一绺黑发，白色的牙齿在晒黑的脸上闪闪发光。他正在说：

"不，多萝西，我才不让你拍照。"

一个留着直发的女孩正在抱怨，她的头发又短又粗，需要修剪一下。

"该死，朗尼，你做画家太浪费了，真的，你只做个画家太浪费了，你应该去当模特，谁见过长得这么帅的画家？你要是不让我拍照，就是在葬送我的职业生涯，真的。"

有人打破了一个玻璃杯。有人在不停地喊:

"什么?没有音乐?什么?压根儿就没有音乐?什么音乐都没有?这是什么鬼地方!"

"朗尼,好朋友,黄色……你那幅画里那个女人头发的那种黄色……那是一种新颜色……叫它黄色是因为找不到其他的名字……只不过它不是黄色……它是一种新颜色,这就是你的能耐……要是我也能做出点儿这样的成绩,我宁愿让你把我的皮活活剥掉。"

"你还是别尝试了。"德怀特·朗格力说。

某个长着大红脸的男人把一张皱巴巴的钞票塞进服务生手里,嘴里咕哝着说:

"做个纪念……做个纪念……你最好记住这一点,能为二十世纪最伟大的这位画家服务是你的荣幸……他妈的是有史以来最伟大的画家!"

接着他们又上了车,不过其中一辆被拦了下来,他们听见有人在高声跟交警争辩。

然后他们去了某人的公寓。一个龅牙女孩光着腿,穿着一条超短裙,正在用奶瓶摇鸡尾酒。有人打开了收音机,有人在用一架走调的竖式钢琴弹舒伯特的《军队进行曲》。德怀特·朗格力坐在一张盖着印花棉布的长沙发床上,其他人则大都坐在地板上。一对情侣想跳舞,却被满地的腿给绊倒了。

一个满口蒜味的家伙推心置腹地低声说道:

"呃,朗尼,苦日子过去了,对吧?门口很快就会有一辆劳斯莱斯,取代那辆旧沃尔夫,对吧?"

"朗尼,你知道谁会找你去喝茶吗?知道吗?莫蒂默·亨德里克森!"

"不会的!"

"会的!要是那家伙说谁成功了,谁就真的成功了!"

"你们有没有,"需要剪头发那个女孩喃喃说道,"你们有没有见过哪个男人有朗尼这么长的睫毛?"

有人打碎了一个瓶子。有人疯狂地砸着卫生间的门,因为不知谁把自己锁在了里面,时间久得令人生疑。一个女人拿着长长的黑色烟嘴,坚持要听收音机里某人的布道。

穿着中式睡衣的女房东敲响了房门,要求他们立刻停止吵闹。

有人趴在一只高脚杯上面哭。

"你是个天才,朗尼,你就是个天才,你就是个天才,朗尼,可这个世界不欣赏天才。"

一个抹着口红的年轻男子在钢琴上弹起了《月光奏鸣曲》。

德怀特·朗格力摊开四肢躺在沙发床上。一个苗条的金发女孩靠着他的肩膀。她留着男孩子似的短发，乳房很大，正用手指梳理着他的头发。

有人又拿来一罐酒。

"为朗尼干杯！"

"为朗尼的未来干杯！"

"为加利福尼亚的德怀特·朗格力干杯！"

"为前无古人后无来者的伟大艺术家干杯！"

德怀特·朗格力发表了一番演讲：

"画家一生最痛苦的时刻就是成功的那一刻。直到人们蜂拥在身边，他才知道自己有多寂寞。画家不过是把号角，即便吹响，也无人愿意奔赴战场。画家不过是只杯子，即便装满自己的鲜血，也无人需要痛饮。这个世界看不到，也不想去看画家所看到的一切。可我并不担心。我嘲笑他们。我鄙视他们。我的耻辱就是我的骄傲。我的寂寞就是我的力量。我呼吁人们为了一切神圣之中最为神圣的东西敞开大门，他们却将门永远关闭……永远……我还能说什么呢……对……永远……"

德怀特·朗格力的工作室位于一条棕榈夹道的寂静大街上。车子把他放到门口时，早就过了午夜。

"不用，"他有点蹒跚，对那些送他回来的人摆着手，"不用，你们不用上来……我想一个人待着……一个人……"

他敏捷地穿过一块整齐的草坪，门旁的牌子上写着：定制女帽，手工缝制五分钱一码。一盏西班牙灯笼挂在入口处的拱门上方。入口一侧的窗户里，薄纱窗帘中间露出两顶垂头丧气的帽子；而另一侧的窗户里，群星簇拥着的一块半月形广告牌上写着：赞达夫人，心理学家及占星家。何必担忧？一美元预测你的未来。

他敏捷地登上陡峭的西班牙楼梯。楼梯被刷成了白色，通往二楼的台阶上铺着红色的地毯，通往三楼的最后一段则裸露着，"嘎吱"作响的木质台阶上，油漆已经剥落。楼梯十分狭窄，刚好够他那还算修长的身体通过。他轻巧地一次跳上两个台阶，心里充满了雀跃和欢乐。他的四肢舞动着，年轻，自由，而又得意扬扬。

楼梯平台上没有灯，不过那里只有一扇门——他的门——而他从来都不锁。他一把将门推开。

月光透过高高的窗子照进来，一道道蓝色的光影映在房间里，映在那一堆画上，映着空荡荡的画架，映着靠在椅子腿上那画了一半的画布。在月光底下，一道蓝光照亮了黑暗中一幅凯伊·贡达的素描，她的头向后扬去，脖子呈一条弧线，坚挺的乳房裸露着。

德怀特·朗格力按下了电灯开关。

他无声地站在那里，整个人都僵住了。房间的另一头，一个女人缓缓地起身，面朝他站着。她高挑挺拔，瘦弱得似乎可以被门口的微风吹动。她从头到脚一身黑衣，在背后那条黑色天鹅绒窗帘的映衬下，他起初只能看见一张脸，一张蓝白相间的发光的脸。

他一动不动地站在那里，挑起了眉毛。她没有动，也没有说话。

"嗯？"最后，他终于皱起眉头问道。

她没有回应。

"你在这儿干什么？"他不耐烦地问。

"我能在这儿住一晚吗？"她轻声问道。

"这儿？你把这儿当什么了？"

"我现在很危险。"

他轻蔑地笑了，把手插进裤兜里。

"可你是谁啊？"德怀特·朗格力问道。

那个女人回答说:

"我是凯伊·贡达。"

德怀特·朗格力双手抱胸,哈哈大笑。

"哟!你是凯伊·贡达?你怎么不说你是特洛伊里的那个海伦[1]啊?或者杜巴丽夫人[2]?"

凯伊·贡达慢慢睁大了眼睛,非常大,连眨都不眨,但她还是没有动。

"来来来,"德怀特·朗格力说,"说说吧,你这演的是哪一出?"

"你难道不认识我了吗?"她轻声说道。

他打量了她一下,手插着兜,露出嘲弄的笑容。

"嗯,你跟凯伊·贡达长得真挺像,"他评论道,"不过她的替身跟她长得也很像。好莱坞有好几十个姑娘都长得和凯伊·贡达差不多。你来这儿想干吗?我不会雇你当模特的,小姑娘,就连试镜的机会都不会给你。快说吧,你是谁?"

"凯伊·贡达。"

---

1 出自希腊神话中的特洛伊之战,海伦本是斯巴达公主,被特洛伊抢走,于是斯巴达人为了夺回海伦与特洛伊爆发了战争。——译注

2 法国国王路易十五的最后一个情妇,得宠期间在幕后左右法国朝政,后在法国大革命中被送上断头台,她临死时刻的遗言"再等一下"尤为著名。海伦和杜巴丽两个人物家喻户晓,在小说、戏剧、电影等许多体裁中都有演绎。——译注

"凯伊·贡达？在街头徘徊？溜进陌生人的家？"他苦笑着，"只有一个凯伊·贡达。只有我了解她。我这辈子一直都在告诉别人谁是凯伊·贡达。我要唤醒人们心中对她的渴望。她遥不可及，她永远不会进入我们的生活，更不会进入我们的家。我们只能称颂她，我们只能把灵魂献给一首无望的圣歌，然后以我们的苦难和渴望为荣。可你不会理解的。没有人能够理解。现在，说说吧，你到底想要什么？"

她将双手在背后交叉，肩膀往前探，但始终昂着头，直直地看着他。她的眼中充满恳求，看上去却像是在无声地威胁。她缓缓地说道：

"我不知道。这就是我来这儿的原因。"

"你心里在想什么？"

"什么都没想。我只是太累了。"

"为什么这么累？"

"因为我一直在寻找，寻找了太久太久。"

"寻找什么？"

"我不知道。我本来以为或许可以在这儿找到它。"

"好了，别再开玩笑了。你到底是谁？"

她朝他走过去。她站在那里，看着他，她的眼睛在恳求；她站在几十幅画作的中央，那些画仿佛一面面镜子，将她的身体撕成几十块碎片；她看见自己苍白的眼神，雪白的双臂，看见她的唇，她的乳房，她淡蓝色的肩膀；镜子耍弄着她的身体，给她穿上火红或天蓝的衣装，而她却一身黑衣地站在那里，纤细脆弱；整个房间里只有她的头发没有变化，就像几十颗暗淡的金色星星散落在他们身边，填满了这个工作室，从他们的脚下升到他们的头顶。

"就让我留在这儿吧。"她轻声说道，她的唇闪闪发光。

德怀特·朗格力直挺挺地站在那里，他黑色的眼睛中怒火在燃烧。

"听好了，"他缓缓地说道，他紧绷的声音好像一道电流撕裂了超负荷的电线，"跟所有人一样，我只有一次生命。不同的是，他们的生命被分解成了许多词语和许多价值观，而我的生命却只有一个词，那就是'凯伊·贡达'。我把这个词带到了这个世界，我还要把它告诉所有人，教给所有人。它就是我的血液，我的宗教。而你却跑到这儿来，告诉我你是凯伊·贡达，告诉我，我这个比谁都更了解她的人！你给我出去！"

"拜托了，"她轻声说道，"我需要你的帮助。"

"你给我出去！"

"我冒了这么大的风险来找你。"

"你给我出去！"

"你不知道我有多寂寞吗？"

"出去！"

她无力地垂下双臂。她的黑色手袋在两根了无生机的指尖上晃来晃去。她转过身去，走向门口。

他站在那里，喉头起伏，重重地喘着粗气。

她缓缓地走了出去。在楼梯平台上的黑暗中，他看见了她的头发，他还听见了她走下楼梯的脚步声。

德怀特·朗格力用力地摔上了门。

5
CLAUDE IGNATIUS HIX

第五章
克劳德·伊格那提亚斯·希克斯

亲爱的贡达小姐：

有些人也许会说我写这封信给你是一种亵渎，有些人也许会说这是对我的神圣职责的背叛，但它不是。因为当我落笔的时候，我不觉得我是一个行为堕落的罪人。此刻的感觉和写布道文的时候一模一样，我不明白为何如此，若是谁有缘读到这几行鄙陋的字句，或许能够理解。

无边的世界铺展在你的脚下，贡达小姐，这是一个悲惨而罪恶的世界，而你正是所有罪恶的象征。对于那些迷途的羔羊而言，你就是罪恶之花，你拥有亘古不变的罪恶力量与黑暗之美。然而，当我试图通过布道痛斥你的时候，却无法在我的灵魂当中找出哪怕一个词。

因为当我看着你的时候，有时我会觉得，有时我会觉得我们在为了同一项事业而奋斗，是的，我和你。然而上帝不许我教区中的任何人听到这些，因为他们那可怜而盲目的心灵无法理解。我只能告诉你这些，此外的一切我无力解释。

然而当我将灵魂奉上永恒精神的祭坛时，当我呼吁我的兄弟们关注生命的真理时——那神圣的真理和神圣的快乐，超越了我的兄弟们肉体的痛苦，超越了他们转瞬即逝的欢愉，可是我拼尽全力想对他们揭示，却始终徒劳无功——我觉得，你的心中有着同样永恒、超然而庄严的真理。贡达小姐，我们殊途同归。

真的是这样吗？或许，看到我这上帝的贱民写下的这几行字，你这位财富的女祭司会轻蔑地大笑，可我愚蠢地一心只想把你献给这个地球。不过我相信自己所做的一切，因为在我的内心深处，我相信你能理解。

你谦卑的仆人

克劳德·伊格那提亚斯·希克斯

加利福尼亚，洛杉矶，斯罗森大道

五月五日的晚上，克劳德·伊格那提亚斯·希克斯在他的募捐箱里只翻出来一块八角七分钱。

他叹了口气，数着那几枚陈旧的镍币和几枚暗淡的小铜币，然后小心翼翼地把它们放进一个锈迹斑斑的锡盒里，锁上了。

永真教堂非常需要一架管风琴，其实他负担得起。他可以不去买那辆想了很久的二手车,他可以再多坐一段时间电车,这样他就可以去买管风琴了。

他吹灭了讲道坛上那两根又细又高的蜡烛,举行仪式的时候他总是点那两根真正的白蜡烛。他把窗户都关上,从墙角拿出一把扫帚,开始细致地清扫地面。一排排的无背长凳没有上漆,扫帚从它们中间扫过,沙沙声打破了昏暗房间里的寂静。这是一间狭长的仓库,天花板中间的那盏电灯将他孤单的身影映在了长凳上。

他站在门口望向天空,晴朗的夜空中挂着一轮明月。明天不会下雨,他很开心。永真教堂的屋梁没有上漆,一下雨就漏得特别厉害。

雨会毁掉钉在教堂墙壁上的那些棉质带子,带子上的那些红字、蓝字全是他辛辛苦苦亲手写的。

> 温柔的人有福了,因为他们必承受地土。心灵贫乏的人有福了,因为天国是他们的。
>
> 爱惜自己生命的,就丧失生命;在这世上恨恶自己生命的,就要保守生命到永生。

克劳德·伊格那提亚斯·希克斯缓缓地沿着过道往前

走。他消瘦的身体高大而挺拔，就好像是背上安了一块铁板。他长着一头浓密的黑发，但发际线正在悄然后退，两鬓也开始斑白。他的头总是高高地昂着，那张又窄又长的脸庞总是严厉、耐心而安详。他那黑色的眼睛里透着一股高傲的冷静，虽然眼角已经有了几道细纹，却依旧热情而年轻。他总是穿着一身黑衣，修长的手指交叉着放在胸前。尽管衣领软塌塌的，指甲里有时还有污垢，但他的衣着总是让人觉得他一丝不苟。

他坐到讲道坛的台阶上，将头埋进了掌心。他无法再对自己掩饰心中那与日俱增的痛苦。永真教堂最近的日子不怎么样。他的教民正在悄悄地、缓缓地、稳定地离他而去，就像掌心里留不住的沙砾。出现在讲道坛前的面孔越来越少，聆听他精心准备的宝贵布道文的心灵也越来越少。

他非常清楚这是因为什么。社区里来了个竞争者，离他不到六个街区。他看到很多老熟人都去了那家"开心小教堂"。那家有着蓝色穹顶的小教堂，主持人是爱希·图梅修女。爱希·图梅修女的栗色卷发披在肩膀上，上面插着几朵小花。开心小教堂的墙上镶了墙面板，涂上了厚厚的一层白漆，它还有一个淡蓝色的真正的穹顶。克劳德·伊格那提亚斯·希克斯并不介意自己的教民在永真教堂以外找到安慰和精神食粮，但他不信任图梅修女的真诚。

他参加过一次她主持的仪式，当时教堂门口的上方用大大的红字写着"精神加油站"。图梅修女把这个加油站建在了讲道坛后方，高高的玻璃油泵上贴着：纯洁，奉献，祷告，祷告和信仰的混合。几个瘦削的高个子男孩站在一旁服务，他们身穿白色制服，背上插着金色的翅膀，头上戴的白帽子有着金色的帽舌和几个金字：教义石油公司。她会对她的教民们说，当你的人生道路遇到了荆棘，你的油箱里需要装满"信仰"的汽油，你的轮胎需要充满"仁慈"的空气，你的水箱里需要灌满"节制"的圣水，你的电瓶也要充满"正义"的能量。你还要小心那些狡诈的绕行路标将你引入歧途，让你堕入地狱。她警告那些亵渎神明的自私的司机，还列举了很多他们亵渎神明的例子，相应地，她还讲述了一些心灵纯洁的司机的行为。教民们开心地大笑，若有所思地叹息，然后往油桶形状的募捐箱里扔进一张张崭新的钞票。

克劳德·伊格那提亚斯·希克斯孤单地坐在讲道坛的台阶上。敞开的门外，夜色幽暗而温柔，寂静之中，一辆孤独的有轨电车在什么地方隆隆驶过。

这是他有生以来第一次没有做完布道。这是他写过的最好的一篇布道文，汲取了他灵魂深处最为美妙、最为动人的言语。可是当他站在讲道坛上，看着下方那一排排空空荡荡的灰色长凳，看着一个瞎眼的老妇人那翻白的眼球，看着一个高高瘦瘦的流浪汉低着头用脚尖在地上的灰尘里画着画，看着一个睡着的乞丐不停地点着头，房间里只有这么几个不成样子的人，他的布道文刚到嘴边就缩了回来。他草草地结束了布道，为他们祝福，看着他们缓缓地鱼贯而出。他手里的锡杯装着他们可怜的捐赠，这令他感到罪恶。

他知道自己的教堂今晚为何如此荒凉，因为爱希·图梅修女即将举办她著名的午夜布道："天使之夜"。这一大胆的创新让她的教民们很晚都不睡，并且成为图梅修女最大的成功。克劳德·伊格那提亚斯·希克斯曾经去看过，她在讲道坛后面修了一间酒吧，一间用金银箔片修建的闪闪发光的酒吧，酒保穿着飘动的白色长袍，长着一把白胡子，跟圣彼得简直一模一样，区别在于，他没有摘掉他的夹鼻眼镜。身着白衣的天使坐在高脚凳上，手里拿的鸡尾酒杯是用写有经文的纸卷做成的。她们的脸上扑着白粉，嘴唇涂成了深粉色。小巧而丰满的爱希·图梅修女身穿一件银纱做成的希腊长袍，她丰腴而白皙的双臂裸露着，手里拿着几朵马蹄莲。她不停地讲了几个小时，摇摆着，闭着眼睛，温柔地呻吟着，嘶哑地唱诵着，胜利地尖叫着，她丰满的脸颊上露出了一个光芒四射的笑容。

他打不过她。他已经败了。除了离开这个街区，放弃那些可怜的灵魂，他无路可走。他已经败了。

他沉重地从讲道坛的台阶上站起来，挺直肩膀，坚定地沿着过道朝门口走去。他按下开关，点亮了讲道坛上方墙壁上的电力十字架。那个十字架是他最大的骄傲，是教堂里最贵的设备。他花了好多年，付出了好多牺牲和艰辛才把它买回来。晚上回家时他会把它点亮，然后就让教堂的门那么敞着。入口上方有一块指示牌：本门永不关闭。于是整个晚上，在这黑暗而狭窄的仓库里，一个烈火般的十字架便在一面空荡荡的墙上燃烧着。

克劳德·伊格那提亚斯·希克斯缓缓地穿过荒芜的后院朝自己家走去。他的家是教堂后面一间被遗弃的棚屋。后院是一长条乏味的土地，上面只有几道车辙和一堆干枯的野草。隔壁那家洗衣店蒸汽滚滚，霓虹招牌在他后院的地上投射出红红蓝蓝的光。

走到半路，克劳德·伊格那提亚斯·希克斯突然停了下来。他听见自己的身后有脚步声,很轻很急的脚步声。他转过身去,看见一个女人高挑的身影消失在了教堂里。

他不知所措地站在那里。他从没见过这么晚还有人来。而且那个陌生人穿着考究,跟这个街区的教民完全不一样。他不应该妨碍她,但既然她在这个时候来了这么一个孤零零的地方,或许她需要有人为她的难言之隐提些建议,于是他毅然地走回了教堂。

那个女人站在十字架底下。她黑色的长款套装像男人般一丝不苟;她金色的头发像光环一般,衬着她那张苍白的脸。电光石火之间,他突然疯子似的想道,讲道坛上那十字架的光芒里,肯定是一尊圣母玛利亚的雕像。

他往前迈了一步,然后立刻又停了下来。他认识那张脸,但他不敢相信。他用一只手捂住双眼,喘着粗气说:

"你……你不会是……"

"是的,"她回答道,"是我。"

"你不会是……凯伊·贡达?"

"是的,"她说,"凯伊·贡达。"

"我……"他结结巴巴地说,"我为什么能有如此荣幸……"

"因为一起谋杀。"她答道。

"你是说……你是说那都是真的，那些谣传……那些卑鄙的谣传……"

"警察在找我，我得躲起来。"

"可是……怎么……"

"你还记得那封信吗，你给我写的信？"

"记得。"

"那就是我来这儿的原因。我可以待在这儿吗？"

克劳德·伊格那提亚斯·希克斯缓缓地走到敞开的门前，关门，上锁，然后他回到她身边，说：

"这扇门十三年没有关过，不过今晚要关上了。"

"谢谢。"

"你在这里是安全的。这是一个安全的国度，人类的箭矢射不到你。"

她坐下来摘掉帽子，晃了晃她那一头金发。他低头看着她，双手交叉放在胸前。

"我的姐妹，"他的声音在颤抖，"我可怜的迷途姐妹，你肩上的担子太重了。"

她抬头看他，那双清澈的蓝眼睛里流露出一丝悲伤，没有人曾在哪块银幕上见过的悲伤。

"没错，"她说，"担子太重了，有时我都不知自己还想再扛多久。"

他难过地笑了,可是在他心里,长久以来的辛苦仿佛已如释重负。此刻他的心中只有一种极大的快乐,他从未体验过的快乐,这让他感到罪恶。

他觉得自己好像拿着什么不属于自己的东西,他不知道那是什么,也不知道它是怎么到了自己手中。黑暗的墙上,那熊熊燃烧的十字架仿佛指控一般地看着他,那数十个白色灯泡仿佛数十只眼睛,死死地盯着他,严厉而充满谴责。

然后他知道了自己忘掉的是什么。

他转身从她身边走开,他的头高高地昂着,胸前的手指绷得发青。他温柔地说道:"你在这里是安全的,姐妹。没人会追到这儿来。没人能抓到你,除了一个人。"

"谁?"

"你自己。"

她看着他,头微微歪向一旁,眼神里充满好奇。

"我自己?"

"你可以逃脱这个世界的审判,却逃脱不了你的良心。无论你到哪里去,它都将如影随形。"

她柔声说道:

"我不明白你在说什么？"

他眼中燃烧着火焰，俯身在她上方，如法官般冷酷而严厉。

"你犯了罪，滔天的大罪。你触犯了法律。你谋杀了一个活生生的人。你想一辈子都背着这个包袱吗？"

"可我能怎么做呢？"

"天父是仁慈的，他拥有无穷的力量。哪怕是最黑暗的罪人，只要发自内心地忏悔与坦白，便都将得到宽恕。"

"可我要是坦白了，就会被他们送进监狱。"

"噢，我的姐妹，难道你更愿意获得自由？若是得到整个世界，却丧失了你的灵魂，这对你而言又有何益处？"

"要是不能得到世界，灵魂又有什么用？"

"噢，我的孩子，骄傲是你最大的罪行，真的是你最大的罪行。圣子耶稣不是曾对我们说过吗？'除非你改变信仰，如孩子一般，否则断不能进入天国。'"

"可我为什么要进入天国？"

"如果那里存在至乐至美的生活——你为什么不想进入呢？"

"我为什么不想在这儿享用这样的美好呢？就在这儿，人世之间。"

"我们的世界是黑暗的,是不完美的,我的孩子。"

"它为什么不完美?是天成的呢,还是人为的呢?"

"噢,我的孩子,我们谁不想让它完美呢?哪怕是我们当中最黑暗的那个,心中都怀着希望与光明。我们梦想着更好的生活,却总是遥不可及。"

"我们全都梦想着更好的生活?"

"是啊,我的孩子。"

"如果它真的来临,我们就会看见?"

"没错。"

"可我们真的想看见它吗?"

"哪怕只是看上一眼,我们当中的任何人都愿意为之付出生命,可这是一个充满泪水与邪恶的世界,它只配拥有无足轻重的生活。永恒的快乐在上面等着我们,还有我们这些可怜的脑袋永远想象不出的永恒的美,只要我们在他面前忏悔,与罪恶一刀两断,这一切就都属于我们了。你犯了罪,我的孩子,你犯下了滔天大罪。然而天父是仁慈而宽容的。忏悔,全心全意地忏悔,他便会听到!"

"那么,你是希望我被绞死吗?"

"我的姐妹!我可怜的、迷失的、痛苦的姐妹!难道你不知道我做出了多大的牺牲吗?难道你不知道这让我多么伤心吗？我多想带着你逃到天涯海角，即使千刀万剐，我也不会让人动你一根头发，可我只能如此为你尽一份微薄之力。我要挽救你的灵魂，哪怕我的灵魂会为此而受尽煎熬。"

她站起身来，走到他面前。她是那么脆弱而无助，眼中充满惶恐。她轻声说道：

"你希望我怎么做呢？"

"勇敢而欣然地背上属于你的那个十字架，去坦白吧，对全世界坦白你的罪行！你是一个伟大的女人，全世界都拜倒在你脚下。低下你的头吧，去市集上向众人忏悔，大声地告诉所有人你犯了罪！不要害怕你将受到什么惩罚。就谦卑而快乐地接受吧！"

"现在？"

"就是现在。"

"但是这么晚了，找不到'众人'了。"

"这么晚了……这么晚了……"他脑子里突然冒出一个模模糊糊的念头，"我的姐妹，虽然这么晚了，但现在很多人都聚集在一个充满错误的教堂，就在不到六个街区远的地方。一群热切的可怜人正在那里寻找救赎。我们就去那儿！我带你过去。我要把你带进去，让那些盲目的可怜人看看，真正的信仰是什么样子。你可以对他们坦白你的罪行。你将为他们，你的兄弟，做出你最大的牺牲。"

"我的兄弟？"

"想想他们吧，我的孩子。你们都是天父的子民。你对天堂里的天父有责任，同样对人世的兄弟也有责任。看看他们！他们生于罪行，又死于罪行。而现在你却可以向他们展示真正的精神之光。你将名扬四海，家喻户晓。他们知道这个伟大的女人，我所挽救的女人，听从了真理的呼唤，于是他们便将追随你的脚步。"

他想着那个昏暗的白色大厅，几千双热切的眼睛充满希望地盯着贴了金箔的讲道坛。他会把她，他最伟大的胜利，带进敌人的巢穴，他会让那些弃他而去的人知道，为了上帝的荣耀，他愿意牺牲一切。凯伊·贡达！一个伟大的名字，充满魔力的名字！在那贴着金箔的讲道坛上方的什么地方，他会听到白色的翅膀在舞动，白色的翅膀和白色的报纸，报纸上，那一行行文字好像火焰："牧师令凯伊·贡达改变信仰！传道者挽救了有史以来最伟大的女谋杀犯……"人们从四面八方蜂拥而至，聚集在他身边。他们将……他感到一阵眩晕。

"噢,我的姐妹,他们将像你一样忏悔。你伟大的罪行将导引出一个伟大的奇迹。毋庸置疑,伟大就是主的行事方式,他的智慧莫测高深。"

她戴上帽子,漫不经心地往一侧拽了拽,挡住了一只眼睛,那个模样就像是在等着拍照。她用指尖轻轻捏了捏衣领上的金属挂钩,就好像刚刚穿上一身拍戏的行头。她开口问道:"离这儿有六个街区远,对吗?"声音里的冷静让他吃了一惊。

"啊……对。"

"你肯定不希望有人看见我在街上走吧?给我叫辆出租车。"

他把锡盒里那一块八角七分钱倒在颤抖的手上,没顾得上戴帽子就跑到黑暗的大街上找出租车。找了一辆之后,他跳上去,让司机往回开,一路走一路翘首张望。

出租车在教堂门前停下,他让司机鸣笛,可是没人出来。这时他看见教堂的门大敞着,里面空空如也。在讲道坛的上方,一堵黑色的墙衬着一个熊熊燃烧的白色十字架。

6
DIETRICH VON ESTERHAZY

第六章
迪特里西·冯·伊斯哈齐

亲爱的贡达小姐：

我可以夸口说，我做过人生在世所渴求的一切，除了给一位电影明星写信。现在，我要用这件事来完成我的记录。你每天都要收到几千封信，所以肯定对我这封不感兴趣。不过我甘愿为大海贡献这么一滴水，没别的理由，就是我愿意，这是最后一件我还愿意去做的事情。

我不会告诉你我多喜欢你的电影，因为我根本就不喜欢，我觉得它们是这个世上最俗艳的东西。恐怕写这封信的我，是一个讨厌的仰慕者。提到仰慕者这个词，我还真是有些犹豫，因为仰慕这种美德早就已经消亡，如今的仰慕只是徒有其名，只会冒犯仰慕的对象。我不会说你有多美丽，因为如今的世界已然拜倒在丑恶脚下，美丽只是个危险的诅咒。我不会告诉你，你是当世最伟大的女演员，因为伟大是这个年代最伟大者瞄准的目标，而他们的枪法精准而无情。

我什么都经历过了，所以感觉好像刚看完一场三流垃圾电影，行走在脏乱的小巷。我喝光了所谓"生命之杯"里最后一滴，才发现除了寡淡的清汤，里面一无所有。嘴里萦绕着它令人作呕的味道，我竟然比没喝时还饿，可是一点儿也没有再吃些什么的欲望。

如今我坐在这里给你写信，我觉得还有把这些说出来的价值，这只是因为，我在你身上发现了最后一个例外，最后一点让生命有所不同的火花。不是你的美丽，不是你的名气，不是你伟大的艺术，也不是你扮演的那些女人——因为你从没扮演过我在你身上看到的那种角色。我知道那是真正的你，这是我仅存的信仰。它没有名字，它深深地迷失在你的眼眸之外，在你的一举一动之外。人们可以对它挥舞旗帜，为它举起酒杯，甚至为了它加入最后一场圣战——如果时至今日，圣战仍有可能。在银幕上看到你的时候，突然之间，我知道生命是如何辜负了我。我知道了自己本该有的模样，我知道了——紧张、无助而恐惧地知道了，渴望意味着什么。

我说了，我正在谢幕。我的意思不是我已生命垂危，不过，我没有选择死亡的唯一原因，是我的生活已经如同坟墓般空虚，死亡对于我来说已经不是什么新奇的事。我任何时候都可以坦然地迎接死亡,没有人——甚至包括现在写下这些字的人——会觉得有任何不同。

但是在我离开人世之前,我希望尽我未尽的愿望,我将向你致以我最后的敬意。在你身上,我看到我想要的世界。将死之人向您致意![1]

迪特里西·冯·伊斯哈齐

加利福尼亚,贝弗利山,贝弗利日落酒店

五月五日的晚上,迪特里西·冯·伊斯哈齐签了一张一千零七十二美元的支票,但他的银行账户里其实只剩下了三百六十块钱。

拉萝·詹斯耸了耸肩膀,低声说道:

"我们真的没必要停手,瑞吉。要是再让我多待一会儿,我肯定能赢回来。"

他说:"对不起,我有点累了。不介意的话,我们现在就走?"

她扬起头,不耐烦地起身,长长的珍珠耳坠像粉色的

---

[1] 此处为拉丁语,引自苏维托尼乌斯所著《罗马十二帝王传》一书。——译注

雨滴在她的肩上摇晃。

黑色的大衣和裸露的白色后背挤挤挨挨地围在轮盘赌桌旁。桌子上方低垂着的巨大白色灯泡套着一个倾斜的灯罩，在蓝色烟雾弥漫的幽暗中映出一池黄色的光晕。光晕的边上是一圈人头，有的五官精致，有的一头金黄色的波浪，有的则满头银灰，小巧的粉色耳朵挂着闪耀的钻石。他们全都弯着腰，看筹码你来我往，或是听着突如其来的寂静中，什么东西在"嘶嘶"作响。

"你怎么了，瑞吉？"拉萝·詹斯问道，将自己柔软的小手放到了他黑色的衣袖上。"我得说，今天晚上你可不是一个好搭档。"

"亲爱的，只要迷人的你一出现，我就总是无能为力。"他冷淡地答道。

"来杯酒吗，瑞吉？走之前再来一杯，就一杯？"

"你想喝就喝。"

穿过一道拱门，黑色的吧台上，一排玻璃酒杯在烟雾中闪闪发光，仿佛一串倒置的银铃。轻柔的乐声不知从何处响起，回旋着打断尖锐而高亢的音符。

拉萝·詹斯缓缓地将酒杯举到唇边，好像累了似的。她的一举一动总是那么缓慢，透着最为优雅的疲乏与懒散。她圆润的双臂和肩头都裸露着，被太阳晒伤了，上面有一层柔软的绒毛，只是谁都看不见，不过猜想起来，恐怕就像桃子的绒毛一样，谁都忍不住想摸一下。她缩着肩膀，一只胳膊支在吧台上，用手背托着下巴。她那小巧的手上有一个个小窝，纤细的手指优雅地垂着。她戴着一枚简单的戒指，上面镶着一颗巨大的珍珠，就像她的肩头一样圆润而淡淡地泛着光泽。

"瑞吉，我们必须得去热水镇[1]。"她开口说道，"这次我会全放在暗黑酋长那儿，他会去操作，玛丽亚说，她非常确定——是迪基告诉她的——很有把握。另外，艾伦夫人答应帮我买那个法国香水，真货，你先给她一百块订金就行……这儿的马丁尼真是太不可思议了……对了，瑞吉，我司机的工钱昨天就该给了……还有，瑞吉……"

迪特里西·冯·伊斯哈齐只是沉默地听着，或者他回答了什么，但无论是他还是拉萝都不知道。喝空的酒杯在他的胳膊旁边放着，但他没有再叫一杯，不过拉萝已经在啜饮着她的第三杯了。

---

[1] Agua Caliente，西班牙语地名，因为仅加利福尼亚州一地就有众多以"热水"为名的地方，故具体是其中哪个不可考证。——译注

一位容光焕发的绅士拍了一下他的肩膀，拉萝懒洋洋地朝对方点了点头。绅士因为刚刚听到的什么笑话而神秘地爆笑，拉萝也高声地笑了起来，露出了晶莹的贝齿。迪特里西·冯·伊斯哈齐只是看着空中微微一笑。

然后他扔给酒保一张二十美金的钞票，没等找钱就走了。酒保连忙对着他的背影深鞠一躬。

"瑞吉，我最喜欢的，"往衣帽间去的路上，拉萝攀着他的手臂，低声说道，"就是你花钱时的那副样子。"

迪特里西·冯·伊斯哈齐笑了一笑。笑的时候，他的嘴唇会抿成一条线，下唇微微向外突出，苍白而瘦弱的脸颊上，会讽刺地出现两个深深的小酒窝。他有着金黄色的头发和银蓝色的眼睛，高挑挺拔，一丝不苟。他这副身材天生就是为制服和晚礼服准备的。

在衣帽间里，他为拉萝拿起围脖，白色的貂皮慵懒而温柔地拥住了她的肩膀。

坐到他那辆杜森堡厚实的垫子上之后，她伸展双腿，将她那香气袭人的一头黑发倚在了他的肩膀上。

"对不起，我输了钱，"她慵懒地低声说道，"好在不算太多。"

"一点儿都不多，亲爱的。你玩得开心就好。"

迪特里西·冯·伊斯哈齐突然感觉到很累。他的双手沉重地垂在两膝之间,他却无力将其举起。

车子平滑地停在了一栋雄伟的大楼门前。从玻璃门望进去,金碧辉煌的大堂里还亮着柔和的灯。

"什么?这就送我回家了?"拉萝皱起她那小巧的鼻子问道,"不让我去你那儿吗?不让我跟你说晚安?"

"今晚别去了,你不会介意吧?"

她耸耸肩膀,紧了紧下巴底下的貂皮围脖。然后她迈下车子,扭头说道:

"给我打电话。要是高兴的话——我会接的。"

车门关上了,车子向前冲去。迪特里西·冯·伊斯哈齐靠上椅背,双手垂在两膝之间。

在贝弗利日落酒店门前下车时,他对司机说:"约翰逊,明天不用来了。"

他本来没打算说这句话,但话一出口,他就知道自己为什么要说了。

他迅速地穿过大堂,挟在腋下的手杖摇晃着。他上了楼,进了房间。在他的套房里,柔和的灯光在柔软的地毯上投下一圈圈光晕,长长的窗帘似乎吞噬了下面那遥远的城市传来的一切声音。他换上一身绸缎睡衣,走到桌前。

桌上放着一个水晶瓶和几个一尘不染的玻璃杯。他拿起一个杯子，犹豫了一下，又放了回去。他走到窗前，把窗帘拉开，一动不动地站在那里，看着沉睡的城市上空闪烁的灯光。

一切是如此突然又如此简单。他本来没想签那张支票；就在几个小时之前，他身上全是麻烦，就像一张密实的大网，烦得他都不想去解开；而现在他解脱了，他本来以为那一招毫无用处，却因此而得到了解脱。

他还有别的债务：酒店的钱、拉萝的新车、裁缝的账单，给休格特·多赛买的钻石手镯，上次办的聚会——可卡因太贵了，还有给洛娜·韦斯顿买的黑貂大衣。虽然几个月来已经对自己说过很多次，但此刻他第一次突然意识到，他已经一无所有了。

过去的两年里，他其实一直隐约而不太确定地有所感觉；但是几百万家产不到最后一刻是不会消失的；总有东西可以变卖、抵押、借贷；总有人愿意借给他钱。可是这一次，他只剩下了银行账户上的几百美金，上了锁的保险箱，还有没付的账单。明天，迪特里西·冯·伊斯哈齐伯爵会被要求解释一笔坏账。他不会去解释的。迪特里西·冯·伊斯哈齐伯爵的生命只剩下了最后一个晚上。

这个想法让他变得彻底漠然，甚至于漠然面对自己的漠然。下面那些窗户透出的昏暗灯光里，人们正在比地狱更加不堪的痛苦中挣扎，只为延续宝贵却又卑微的生命，可是他要轻易而厌倦地放弃这份礼物，就好像扔给服务生一笔小费似的。

十五年前，作为这个骄傲而古老的名字的最后一个后裔，年轻而傲慢的他被革命者从德国驱逐了出来。那个时候，他口袋里有几百万家产，心里充满了耻辱。他游遍了世界各地，每到一处，都任意地抛撒钱财与灵魂。看日历的时候，他知道是过去了十五年；看进自己灵魂的时候，却好像是过去了十五个世纪。

他隐约记得锃亮的地板上反射着吊灯的光芒，白花花的细腿踩着高跟拖鞋；一块坚实的金色网球场上，跃动着身穿白衫白裤的他那轻盈而敏捷的身影；螺旋桨咆哮着划破长空，掠过遥远的下方那无垠的平坦大地；白色的海鸥，车子呼啸着穿过海浪，他的手扶着方向盘，一头金发飘扬在蓝天底下；一个小球令人眩晕地转着穿过一个个黑红相间的方块；白色的卧室，白色的肩膀向后靠去，软弱得仿佛已然筋疲力尽。这其中的任何一刻都不值得再去体验。这块土地上的任何一寸都不值得再去游历。因为，一位寂寞而高傲的贵族，无法与这样一个空虚的世界和解。

这一切都结束了。他仍旧可以穿着他得体的晚礼服，用厚颜无耻的冷漠掩饰谄媚的微笑，从有钱人那里讨几块钱，乞求得到即将消亡的平等；他可以夹着一只闪亮的公文包，振振有词地谈论债券和利率，并且像个训练有素的男仆那样弯下腰。可是，迪特里西·冯·伊斯哈齐的品位太好了。

他会在早上下手。一颗子弹就可以解决一切。他会寂寞而疲惫地离去，没有理由，没有遗言，就因为一个他从没爱过的女人，因为她的几次赌博而结束自己的生命。

电话铃响了。

他疲惫地拿起话筒。

"有位女士想见您，先生。"楼下的前台招待礼貌而呆板地通知他。

"她叫什么？"迪特里西·冯·伊斯哈齐问道。

话筒里安静了片刻，然后前台招待答道：

"这位女士不愿意透露名字，先生。不过她说会把名字写在便签上给您送去。"

迪特里西·冯·伊斯哈齐扔下话筒，打了个哈欠。他点起一支烟，机械地塞进嘴角。有人敲门。一名身穿制服的服务生站在门口，胸前有两排抛过光的纽扣。他用两根手指捧着一个封起来的信封。

迪特里西·冯·伊斯哈齐把信封撕开，里面的便笺上只有四个字：

凯伊·贡达。

迪特里西·冯·伊斯哈齐放声大笑。

"好吧，"他对服务生说，"让那位女士上来吧。"

如果这是个玩笑，他想知道是谁，又为什么开这个玩笑。当门再一次被敲响时，他抿起薄薄的嘴唇笑了，他说："请进。"

门被推开。他脸上的笑不见了。他没有动，只是用一只手取下嘴角的香烟，然后又把手缓缓地放了下去。

迪特里西·冯·伊斯哈齐冷静地深深鞠了一躬，说道：

"贡达小姐，晚上好。"她回答道：

"晚上好。"

"请坐。"他搬来一把舒适的扶手椅，"我真是太荣幸了。"他递给她一支烟，但她摇了摇头。

她站着没动，从黑色帽子的边沿底下望着他。"你真的愿意让我待在这里吗？"她问，"可能会很危险。你都没问我为什么来这儿。"

"你来了——我只需要知道这一点就好。除非你现在想告诉我为什么。"

"我想告诉你,我在躲避警察的抓捕。"

"我猜到了。"

"我现在很危险。"

"我明白。要是你不想谈论这件事的话,就不用解释。"

"我当然不想谈论。不过我得请求你,今晚让我待在这儿。"

他飞快地又深深地鞠了一躬。他说:

"贡达小姐,要是两百年前遇到你,我会把剑放在你的脚下。不幸的是,如今这个时代不相信剑,但是我愿意把我的生命和我的房子都放在你的脚下,感谢你选择了让我来帮助你。"

"谢谢。"

她坐了下来,疲惫地摘掉帽子。帽子从她手里掉到地上,他连忙捡了起来。他走到窗前,拉上窗帘,说道:

"和我一起在这儿是安全的,就像待在我的祖先们守护的城堡里一样安全。那是他们最宝贵的东西。"

"给我支烟。"

他把打开的烟盒递给她，按燃金色盖子的黑色金属打火机，稳稳地举到了她面前。他的眼睛直直地盯着她，看进她那双苍白的大眼睛的深处。那双眼睛是如此平静而坦率，却隐藏着一个他无法刺探的秘密。

　　他坐下来看着她，身子靠在椅子扶手上，灯光映着他金色的头发。他说：

　　"你知道吗？是我得谢谢你，不仅感谢你来，而且还要感谢你在众多夜晚中选择了今晚来。"

　　"为什么？"

　　"很奇怪，我简直要认为老天在照看着我们。也许，你杀了一个人是为了拯救另外一个。"

　　"我？"

　　"你杀了一个人。请原谅我提起这件事，对你来说肯定不太愉快，但是请相信，我不是在责备你，毕竟人们总是拿谋杀小题大做。杀人要比被杀光荣得多。"

　　"可你不认识格兰顿·塞尔斯。"

　　"我没必要认识他，我认识你。这个世上最大的错误就是认为所有生命都是完全平等的，可事实上，有些人的生命就算用未来的几百万条生命都无法取代。人们追捕谋杀犯，可他们应该追问的第一个，也是唯一的一个问题是，被谋杀的那个人是不是值得活着。拿你这件事来说，要是你认为需要杀了他，他又有什么理由活着呢？无论他是谁，无论他做了什么，单凭这一点，人们所谓你犯的罪就是正当的行为。若是没有你的存在，一千条生命又算得上什么呢？"

"可你并不了解我。"

他朝她探过身去，没注意到烟从指间掉了下来。

"我了解你的一切。我了解你所处的那个世界，也了解它对你做了什么，不过我知道，有样东西让它对你无法染指。我希望自己没看过这样东西，但是不得不看，只是我不知道它叫什么。"

"是什么？"她柔声问道，"我的美丽？"

"跟其他的很多词一样，美丽这个词貌似意味着很多，但若是凝神细想，你就会发现它其实毫无意义。我见过一切人们所说的美丽——真希望能用某种并不存在的硼酸洗洗眼睛。"

"我的智慧？"

"我倾听过一切人们所说的智慧——可除了怎么清理指甲，我没有听到任何有价值的东西。"

"我的艺术？"

"我观赏过一切人们所说的艺术——全都让我哈欠连天。如果允许我对全能的主提一个要求——要是他真的存在——我会跪下去求他止住我的哈欠。只怕我永远都得不到这个权利。"

"那究竟是什么呢？"

"我不知道。那东西既不需要名字，也不需要解释。最骄傲、最疲惫的人，也会在它面前恭恭敬敬地低下头。你把自己献给了一个粗俗的世界和一群粗俗的人，我知道这一点，不过那样东西还是让他们对你无法染指。那样东西究竟是什么呢？"

"希望。"她轻声说道。

他起身在房间里踱来踱去，步履摇摆，充满年轻人的轻盈与雀跃。他的双眼不再困乏，而是闪耀着生机与热切。突然，他在她面前停了下来。

"希望！谁没有希望呢？在心灵深处，谁都知道生命本不应该是这个模样。人总是踏上光荣而注定的征程，却始终空手而归，只因他从来都没得到过机会。那是一场无望的追寻，令人筋疲力尽。我见过一切人们所说的美德，也见过一切人们所说的恶习，但我享受着他们的恶习，忘记了他们的美德。然而，我心中却始终保有希望，我只钟情于那唯一可能的、真实的生命,若不是那个希望,我不会苟活至今。那就是这世上至高无上的希望——你。"

"你确定吗?"她轻声问道,"你确定你想要我吗?"

"明天你就会知道答案。"他答道。

他站在她面前,眼中闪着炽热的光芒。"我刚才说你今晚拯救了一条生命,这是真的。我本来准备结束它,但现在我不会了,现在不会了。现在我有奋斗目标了。我们一起逃吧——我们两个,逃到一个永远不会被人抓到的地方。除了服侍你,我别无所求。除了像我的祖先那样做一名骑士,我别无所求。如果他们看到我,一定会嫉妒的。因为我追求的圣杯[1]就是这个世界,真实,鲜活,近在咫尺。只是他们不会明白,没有人会明白。这是我们的秘密,天知地知你知我知。"

"对,"她盯着他,眼神里充满了信任与顺服,她的声音小得好像耳语,"天知地知你知我知。"

他突然露出灿烂的笑容,嘴咧得大大的,牙齿闪闪发光。他非常坦率地说:

---

[1] 在最后的晚餐中耶稣用过的酒杯,依其申述,由阿里玛西亚的约瑟夫带到英国,在那里为众多骑士所找寻。——译注

"我太严肃了,希望没吓着你。请你原谅。你在发抖。你冷吗?"

"有点儿。"

"我去生火。"

他把木柴扔进大理石壁炉,划着一根火柴,跪下去,看着火苗"噼噼啪啪"地在空气中跃动。

她起身穿过房间,两手交叉着放在颈后。目光相遇时,他们相视而笑,仿佛已经相识了很久很久。

他端着酒杯走到桌前。"可以喝一杯吗?"

她点点头。

他把酒杯倒满。她脱下大衣,扔在一把椅子上,然后端起了酒杯。两人隔着桌子相对而立。她的一条腿搭在椅子低矮而柔软的扶手上,身子微微向后倾。在那件服帖的黑色高领缎子长衬衫底下,她的肩膀显得非常瘦弱。他注意到衬衫下面她的乳房,离他非常近,上面只覆着一层柔软而有光泽的黑色丝绸。

她用修长而纤细的手指举起酒杯,浅酌了一小口。然后她微微扬起头,在黑色衬衫的映衬下,她那一头金发格外耀眼。然后她放下了酒杯。他将自己的酒一口喝光,然后又倒了一杯。

"你害怕坐飞机吗?"他微笑着问道,"我们恐怕得经常旅行。"

"非常害怕。"

"噢,那你得想办法适应。我会留意的。"

"你会对我很严厉吗?"

"会非常严厉。"

"知道吗?我很难相处。你得给我买很多巧克力。我喜欢巧克力。"

"每天只许吃一块。"

"不能多吃?"

"绝对不能。"

"我穿丝袜很费,每天要穿坏四双。"

"你得学着补。"

她懒洋洋地端着酒杯穿过房间,就好像是在自己家里一样。他又把自己的酒杯倒满,站在壁炉旁边看着她。她动作缓慢,身体微微后倾。他可以看见那黑色长衬衫底下的每一点动静。

他问:"你是不是总把手套和手帕弄丢?"

"没错。"

"那不行。"

"不行？"

"不行。"

"我还总丢戒指，钻石戒指。"

"我必须得想办法让这类事情不再发生。你可以丢珍珠戒指，呃，或许宝石的也可以，但是不能丢钻石戒指。"

"翡翠的可以吗？"

"呃，我不知道，我得想想。"

"噢，快想想！"

"不，我不敢打包票。"

她在炉火旁的长沙发上坐下，把腿伸开。火光中，她那小巧的鞋跟被映成了红色。他盘起腿坐在地板上，手里端着酒杯，小小的火苗在杯中一闪一闪。他们随意地聊着，话语像火花般落下，他们温柔地笑着，快乐洋溢。

楼下远远的什么地方，一座钟响了三声。

"啊，我不知道都这么晚了，"他说着站起身来，"你肯定累了。"

"是啊，特别累。"

"你得上床了，现在就去。你可以去我的卧室睡。我就睡在这儿，睡在这张沙发上。"

"可是——"

"可是当然，我会睡得很舒服的。来，这边。你可以穿我的睡衣。可能不太合身，不过很快就该天亮了。我们还得早起。"

在卧室门前，她停了下来，举起了手里的酒杯。

"明天。"她说。

"明天。"他答，同时也举起了他的酒杯。

她站在门前，纤细而脆弱，她的脸平静、无邪而年轻，她的双唇仿佛一位圣徒。

"晚安。"她轻声说道。

"晚安。"

她伸出手。他犹豫而缓慢地将它举到唇边，虔诚地轻轻吻上那柔软而透明的蓝白色皮肤。

大楼里一片沉寂，只剩下厚厚的地毯和柔软的窗帘，人们深陷在睡眠之中。外面的城市一片沉寂，只剩下空荡荡的人行道和黑漆漆的房屋。迪特里西·冯·伊斯哈齐躺在沙发上，双手压在脑袋底下，两眼望着窗户。壁炉里，最后一抹红光喘息着、抽搐着。黑暗之中，他可以看到桌上的酒杯里有个颤动的红点。她的淡淡香水味道仍旧萦绕在他身边，就像一道影子，一个芬芳的鬼魂。

他烦躁地在沙发上翻了个身，将船用毛毯往上拉到了胸口。他闭上眼睛。在他试图紧紧压住的眼睑底下，一波波黑色的浪头模糊地涌来，接着，黑暗中泛起了一点微光，那是泛着光的黑色丝绸，包裹着紧实而年轻的乳房。

他睁开眼睛。房间里伸手不见五指。在黑暗的角落里，他可以看见那服帖的长衬衫延伸到了曲线优美的臀部。

他紧紧抓住沙发扶手，感觉自己快要跳起来了。

他闭上眼睛。他可以看见她穿过房间，看见她扬起头，双腿交缠，看见她将酒杯举到唇边的那只手。每一个动作都是那么清晰。

他把头发从潮湿的额头拂开。

他把脸埋进抱枕，不想去闻那股突然让他感到痛恨的香水味道；可是她刚刚坐过的抱枕上面，还留着她身体的温度。

他跳了起来。他犹豫地走到桌前，在黑暗中找到他的酒杯，满满地倒了一杯酒。冰冷的液体溢了出来，淌过他颤抖的手指，漫过桌面，钝钝地一滴滴击打着地毯。

他把酒一口干掉，扬起头。他抓着空空的酒杯站在那里，紧锁着双眉，死死地盯着那扇紧闭的房门。

他转身回到沙发旁边，跌落下去，将毛毯踢到地上。他无法呼吸。

他为什么要在乎明天？他为什么要在乎她的看法？他看着那黑色的绸缎，柔软的，浑圆的，泛着光泽的绸缎。他的双唇因为那雪白肌肤的触觉而燃烧着。他为什么要在乎？他站起身来，缓慢而坚定地走到那扇紧闭的门前，一把将它推开。

她和衣躺在他的床上，一只手垂在床边，在黑暗中显得分外雪白。她猛地抬起头，他可以想象到她苍白的脸上那双惊惶的眼。她感觉到他咬住了她的手。

她激烈地挣扎着，她的肌肉像小兽般紧绷、坚硬而锋利。

"别乱动！"他俯在她耳边嘶哑地说道，"你敢喊救命吗？"

她没有喊救命……

他精疲力竭，一动不动地躺在她身边。他的眼睛已经习惯了黑暗，可以看见她的脸。她突然笑了起来，轻柔的、胆怯的笑。他看着她。她不再是那个脆弱的圣徒，她的双眼不再平静而深不可测。她闪耀的双唇张开着,两眼微闭。她成了他在银幕上见过的那个不顾一切的、声名狼藉的女人。她的手温柔地梳理着他前额的头发,那种爱抚是一种侮辱。

接着她站了起来,只见她一件件收拢衣物,然后迅速地默默穿上。

"你在干什么?"他问。

她没应声。

"你要去哪儿?你不能走……你不能出去……你不知道外面很危险吗?你能去哪儿?"

她好像完全没有听见。

他突然觉得自己的声音弱了下来,他没有力气动,那些话语全都徒劳无功。窗外的黑暗渐渐弥漫,漫过他的房间、他的大脑,还有即将到来的黎明。

她穿过房间。他听到门被打开然后又被关上了。他没有动。他听到她的笑声,洪亮、放肆,沿着走廊渐行渐远。

他没有动。

7
JOHNNIE DAWES

第七章
强尼·道斯

亲爱的贡达小姐：

我在抬头写了你的名字，但是这封信其实是写给我自己的。或许它能回答我一直追问却始终无解的一些问题。很多事情我都不明白。有时我觉得自己就不该生在这个世上。这不是抱怨。我不惧怕，也不后悔。我只是非常迷惑，所以不得不追问。

我不明白人类，他们也不明白我。他们似乎活得很开心，可是在我眼里，他们生活的目标还有他们讨论的话题，只不过是块模糊的污渍，毫无意义，这块污渍甚至都不明白"意义"这个词的意义。我要对他们说，我想要的，是一种与众不同的语言。谁对谁错？这要紧吗？重要的是——能否架起一座桥梁。

我愿欣然为之献出我的全部，直至生命的终点，可他们因为所谓生存而轻易将其遗忘。他们所说的生存——我一刻都不能忍受，一秒都不能。他们是什么？是愚昧的、三心二意的、未完工的生物？还是除了谎言别无答案的谜语？或者他们才是正常的、真实的，我才是那个不该存在的畸形的怪人。

我甚至都说不清自己想要什么样的生活。我只知道自己想感觉什么,但不知怎样才能有这种感觉,它无法用人类的语言描述。也许可以说是一种狂喜,但这个词表达得还不够完整。它无须原因,也无须解释。它完整而绝对。如果世间的一切有着同样的结局和同样的理由,如果那结局和理由可以是一个人,那么,片刻的生活便足以成为永恒。我只想要这种感觉,哪怕只有一秒也好。

可是如果我把这些说出来——会得到什么样的回应?我会听到孩子、晚餐、足球、上帝,凡此种种。这些都是空洞的词语?抑或我才是一个永远也填不满的空洞的生物?

我经常想死,现在就想死。不是绝望也不是叛逆,我想平静而欣然地默默离开。这个世上没有我的位置。

我无法改变它,我甚至都没有让它改变的权利,但是我也无法改变我自己。我不能指责他人,我不能说我就是对的。我不知道,我也不在乎知不知道,可我必须离开这个不适合我的位置。

只有一样东西把我留了下来，我一直期待的一样东西。在我离开之前，它一定会来到我身边。我只想经历片刻的生活，只属于我的片刻，而不是他们的，是他们的世界中从未有过的片刻。我只想知道它真的存在，可以存在。

是不是奇怪我为什么要给你写这些？那是因为在银幕上看到你时，我突然知道了自己想要什么样的生活。我知道了生活本该有的样子。我知道了一切的可能性。

所以我在给你写这封信，尽管你可能不会看到，或者即便看完却一头雾水。我不知道你是谁，我是在给我想象中的那个你写信。

强尼·道斯

加利福尼亚，洛杉矶，缅因大街

五月五日的晚上，强尼·道斯丢掉了在一家批发商店做夜班店员的工作。

经理咳嗽一声，用指甲抠了抠左眼，然后把捏着什么东西的手指在衬衫上蹭了蹭，而后他说：

"做生意就是这样，我们留不下这么多人了。过上两三个月你们可以再回来。不过现在我打不了包票。"

强尼·道斯拿到了最后十二天的薪水。他做的是兼职，所以支票上的数字并不大。在他出门之后，经理转向一个没被解雇的店员，那是一个满脸粉刺的红脸膛大块头，说道：

"我再也不想见到那个孩子。高傲自大的小瘪三，总是让人觉得毛骨悚然。"

强尼·道斯走在街上，寂静的清晨街头空无一人。他竖起打着补丁的外套的领子，将帽子拽到眼睛上方。他向前俯冲，仿佛跳进了冰冷的水中。

这不是他丢掉的第一份工作，在短短的二十年里，强尼·道斯已经丢掉过很多份工作。他始终了解自己的工作，但似乎从来没有人注意：他从不放声大笑，就连微笑都很少；他从没讲过什么好玩的笑话，也似乎从没有什么话要说；从没人听说过他带哪个女孩去看电影，也从没有人知道他早餐吃些什么，或者吃不吃早餐。一群人在啤酒店庆祝的时候，他从没参与过；可要是一群人被解雇了，却总是会包括他。

他将手插在兜里，走得飞快。正方形的下巴上方，他的双唇抿成了一条细细的线。凹陷的两颊上，凸起的颧骨下方有灰色的阴影。他的眼神清澈、敏锐，而又震惊。

他要回家，当然也不是非回不可；他也可以一直往前走，永不回头。没有人，在这宽广的一整个世界上，永远没有人会发现其中的不同。再过几个小时天就要亮了，又要开始新的一天。他可以躺在他的阁楼里睡一觉，也可以起床穿过街道，任何街道，都一样。

他得再找份工作。为了打发那些无尽的、令人厌倦的、没有意义的日子，他得花上一些无尽的、令人厌倦的日子去找工作。他有很多这样的日子。

他曾经在一家阴沉沉的旅馆工作过。昏暗的走廊里闻起来一股破布味。发霉的客房里响起刺耳的铃声，他穿着不合体的紧身制服爬上狭窄的楼梯，用他那清澈的大眼睛沉着地看着那一张张满头大汗的脸。经理说，他太害羞了。

还有一家闻起来一股烂洋葱味的杂货店，长长的柜台后面有一面沾满苍蝇屎的镜子。他戴着一顶盖住一侧耳朵的白帽子，用一个带条纹的调酒器调冰淇淋苏打水，脸上的肌肉僵硬得好像戴着一张白蜡面具。经理说，他太不友善了。

他还在一家餐馆工作过。格子桌布污渍斑斑，墙上褪色的纸板写着：特价午餐，二十美分。人们将胳膊肘放在桌上；厨房里在煎汉堡牛肉饼，搞得屋子里全是烟；他把一个个装着油腻盘子的托盘举在头顶，吃力地从人群中侧身挤过；梦想着片刻的生活，好奇着人们心愿的强尼·道斯手肘生疼，脊椎麻木。经理说，他不善交际。

与此同时，那寥寥的几个硬币在他的兜里变得越来越轻，开始还能买杯咖啡，后来就只剩下胃里钝钝的疼痛与系紧的腰带；起先是一间充斥着汗味和来苏水味的大屋子里，一张每晚十五美分的床，接着是公园里的长椅，用报纸盖着头。在他紧闭的双眼后面，萦绕着无人回应的生命之歌。他无处寻求帮助，也没有人主动帮助他。有一次，一位身穿貂皮大衣的女士干巴巴地说，一个正常而负责任的年轻人，要是肯努力的话，总是可以想办法上完大学；要是有抱负的话，总是可以成为一位受人尊敬的教师或者牙医。可他没有抱负。

他飞快地走着。他的脚步声回响在水泥地上，回响在通往头顶那无底深渊的石头立方体中。清晨潮湿的灰色隧道里，颠倒城市的寂静中，没有迎接他的低声私语，没有回音，没有动作，只有他独自一人。

他在一栋狭窄的砖石建筑前停下脚步。肮脏的窗台底下伸出胡须一样的浅绿色条纹，像是有人从窗户往外倒垃圾留下的。侧墙的深色砖块上，用白色字体写着一则烟草广告，旁边还有一张马戏团海报的残片。门上方有一块招牌，有几个字不见了：房和床。招牌底下那块落满灰尘的玻璃牌匾上，有行看不清的小字：豪华客床二十美分。

楼里没有电梯。楼梯间也没有灯。他用手扶着冰冷的铁栏杆，缓缓地往上走。他爬了好几层，间或停下来喘口气。

走到倒数第二个楼梯平台时，一扇门打开了，一道光照在了楼梯上。年迈的女房东哆哆嗦嗦地站在那里，用粗糙的手扶着门把手。她身上是褪了色的睡袍，胳膊肘油乎乎的，灰色的头发遮在浮肿的眼睛上。

"是你吧？"她高亢而嘶哑地说道，"别以为你可以偷偷溜上楼。我一直在等你。你该交房租了。要么现在给我，要么就别想上去。"

房租十天前就到期了。他把那张支票从兜里拽出来递给她。他只有这些钱了。他很累，无力去争辩。他知道那张支票还不够。

"你被解雇了？"

"是的，马利根夫人。"

"太没用了，一点儿也不假，你太没用了。天生就是个流浪汉。明天早上就给我从这儿出去。出去！听见了吗？"

"听见了，马利根夫人。"

他从她身边走过，刚迈了三级台阶，就听见她沙哑地吼道：

"太神奇了，像你这么个从来都赚不到钱的家伙，竟然还到处去找女人！"

他停下了脚步。

"女人？"他问，"什么女人？"

"哎，跟我装傻有什么用？"

"你在说什么啊？"

"好了，"她把几根头发从嘴里吐出来，语无伦次地说道，"现在楼上就有一个在你房间等你！"

"一个……什么？"

"一位夫人。"

"你是说……一个女人？"

"我是说一个女人，你以为呢？一头大象？还是位漂亮的夫人呢！"

"你是说……在我的房间？"

"对，是我让她进去的。她要找你。"

"她是谁？"

"我还要问你呢!她闻起来像一位正经的女士。"

他摇摇晃晃地又爬了两层楼梯,终于到了他的阁楼。他一把将门推开。

桌上点着一根蜡烛。那个女人缓缓起身,头几乎撞上低矮而倾斜的天花板。她的头发似乎照亮了这个房间。

强尼·道斯认出了她。他毫不惊讶,他的声音里没有犹豫或者疑问。

他说:"晚上好,贡达小姐。"

"晚上好。"

她的眼睛盯着他,她的注视好像被扔进他瞳孔里的锚,在摸索着寻找支撑。惊讶的反而是凯伊·贡达。

仿佛她的出现无比寻常,他只是简单地问道:"楼梯不太好爬吧?"

她答道:"有点儿。什么都不好爬,但通常都是值得的。"

他脱下大衣。他非常冷静,只是行动缓慢,仿佛他的肌肉都不是真的,仿佛他的双手失去了重量,飘浮在空气中,就好像一场梦。

他坐了下来。她突然走近他,用手捧起他的脸。她修长的手指抚着他的脸颊,缓缓地向上移动着。她问:

"怎么了,强尼?"

他答:"没什么——真的。"

"看来你见到我不太开心。"

"我不——开心。对,不开心。我知道你会来的。"

"给我写信的时候就知道?"

"对。"

"为什么?"

"因为我需要你。"

"强尼,我今天晚上见了很多人。我很开心自己这么做了,可是现在……我不知道……或许我不该来这儿。"

"为什么?"

"或许……我宁愿你没见到我。"

"为什么?"

"你的眼睛,强尼……它们见到了太多不该见到的东西。"

"都是本该见到的东西。"

"我不知道,强尼……我厌倦了!厌倦了这一切!"

"在银幕上看到你的时候我就知道。"

"现在你还这么想吗?"

"对,比从前更加确定。"

她穿过房间，疲惫地坐在他那张窄窄的铁床上。床上放着一条粗劣的灰色毯子。她看着他，微微一笑；她的笑容既不开心，也不真诚。她说：

"大家都说我是个伟大的明星，强尼。"

"是的。"

"他们说我拥有一个人想要的一切。"

"你认为是这样吗？"

"不。可你是怎么知道的？"

"你怎么知道我知道？"

"你说话的时候总是这样毫不畏惧，是吗，强尼？"

"不，我总是畏惧，非常畏惧。我也经常不知道该说什么——不过现在我不畏惧。"

"我是个坏女人，强尼。你听说的关于我的一切传言都是真的。一切的一切——乃至更多。我来是要告诉你，你不要认为我是像你信中所说的那样的人。"

"你来就是要告诉我，我在信里写的一切都是真的，一切的一切——乃至更多。"

她把帽子扔到床上，用手指捋着头发。她修长而雪白的手指停留在雪白的太阳穴上。

"我做过工作室里每一个人的情妇。每一个人，但凡他想要我,无论是最低贱的,还是最高尚的。"

"我知道。"

"有一次,很久以前,当时我是个佣人,你知道那意味着什么吗?每天早上起床的时候,你都不知道自己为什么要活下去,可你没有死,你也没有活着。这时你听见了什么,什么奇怪的东西,是生命在召唤你,可你没有回答。后来我知道我必须忘掉,忘掉这一切。捂上我的耳朵,径直地走过去。从人们的手中拿走一切,拿走他们献给我的一切,嘲笑他们,也嘲笑我自己。为了让自己变得跟他们一样,为了让自己忘记,我拿走了他们身上最低贱的东西,全部都拿走了,可我还是能听见,我还是能听见那样没人能给我的东西。我为什么会听见?是谁在对我哭喊?"

"是你自己。"

"我自己?我什么都不是!什么都不再是了……你知道我一周挣一万五千美元吗?"

"嗯。"

"你知道我有两百双鞋吗?"

"我猜我知道。"

"还有一把把的钻石?"

"我猜我知道。"

"你知道我的片子红遍了全世界的每个角落吗？"

"我知道，而且人们全都去看，可你却不想让他们看。"

"他们花了好几百万美元来看我的电影，可是我对他们来说有什么意义吗？"

"没有。你自己心里清楚。"

"我工作。我告诉他们一些他们从未拥有过，我也从未拥有过的东西，我告诉他们生命本该有的模样。我对他们哭喊，却得不到回应。他们花了好几百万美元来看我，他们给我写信，可是他们想要我吗？真的想要我吗？"

"不。你心里清楚。"

"我现在清楚了——今晚。我以为我清楚——一个小时以前……噢，你为什么不请求我给你些什么呢？"

"你觉得我应该请求你给我什么？"

"你为什么不请我在电影界给你找个工作呢？"

"我唯一需要你给我的东西，你已经给我了。"

她站起身来，愤怒地在房间里来回踱步。她双手抱胸，用胳膊肘撞着油漆一条条剥落的墙壁。她停在他面前，双唇冷酷而无情。

"你这个傻瓜！"她嘶声说道，"你这个该死的傻瓜！"

"你为什么这么生气？"

"你活着是为什么?你到底想要什么?"

"我觉得我活不了多久了。我没必要再活下去。我已经见到了我想要的一切。"

"什么?"

"你。"

她看着他,眼神里充满乞求。她轻声说道:"强尼,我和你,我们想要的到底是什么?"

他开口回答。每一个词仿佛都反射在他的眼中,而他的眼睛就像一首歌。

"你有没有去过教堂?在那里,人们跪倒在地,无声地忏悔着,他们的灵魂不断上升,抵达一个可以令他们净化、清澈、完美的高度。他们的精神,是一切事物的结局和原因。你有没有好奇过为什么这一幕只在教堂里存在?为什么人们不能这样生活?既然他们知道这样一个高度,为什么不让自己的生活努力去抵达?那就是我们想要的生活,你和我。如果可以梦想,我们就一定要让梦想成真。如果不能成真——梦想又有什么价值呢?"

"噢,强尼,强尼,生活又有什么价值呢?"

"毫无价值。不过,是谁让它变成了这样?"

"是那些没有梦想的人。"

"不,是那些只会梦想的人。"

她默默地站在那里看着他。他说:

"坐下吧,没剩下几个小时了。发生的一切——或者即将发生的一切——又有什么关系呢?"

她顺从地坐下了。他们坐得很远,中间隔着一张坏掉的桌子、一个肥皂盒,还有一根插在瓶子里的蜡烛。蜡烛的光束透过斑驳的油漆,在黑暗的墙壁上跃动着。他们滔滔不绝地聊着,仿佛世界在半小时之前刚刚诞生。他们的眼睛一直没有离开过彼此。他们的视线交缠,仿佛一个久久的拥抱。他们滔滔不绝地聊着,那个女人见过生命中的一切,那个男孩什么都没见过,可他们相互理解。

"强尼,"她突然温柔地问道,"你说没剩下几个小时了,为什么?"

他没有看她。

"我在想一件事。"

"什么事?"

"没什么,现在没什么了。"

落满灰尘的天窗外面,天空已经明亮了起来,先是露出柔和的碧蓝,然后又奋力地变成了墨蓝色。这时,强尼·道斯突然问道:

"你真的杀了他?"

"我们还是不要提这个了吧。"

"我认识格兰顿·塞尔斯。我在圣芭芭拉的高尔夫俱乐部当过他的球童。他不太好相处。"

"他很不快乐,强尼。"

"有人在旁边吗?"

"在哪儿?"

"你杀他的时候。"

"我们一定要讨论这个吗?"

"我必须得知道。有人看到你杀他吗?"

"没有,没人看到我杀他。"

他站了起来,看着她一侧肩膀上搭着的金色头发,开口说道:

"很晚了。你肯定累了。"

"没错,强尼,特别累。"

"睡吧。就在这儿睡,睡我的床。我爬到屋顶上去睡。"

"屋顶上?"

"对,怎么了?天热的时候我经常去那儿睡。"

"可现在很冷。"

"没关系,我习惯了。睡一会儿吧,什么都别想。别担心,我有办法救你。"

"你有办法救我?"

"对,让你不再招惹谋杀这个麻烦,不过现在别讨论了,明天再说。睡吧。"

"好,强尼。"

他把桌子推到天窗底下,爬上去推开窗格,抓住窗框,然后用年轻而强壮的双臂将自己拉了上去。他跪在天窗旁边,低声说道:

"现在什么都别想。睡吧,晚安。"

"晚安,强尼。"她轻声说道,好奇地望着他。他温柔地关上了窗格。

他坐在屋顶上,蜷着身子,两手紧紧地抓着膝盖,良久未动。

在片片屋顶形成的海洋尽头,一道铁锈色的烟正袅袅升起,越过那道烟,一抹柔和的粉红突然撕破明亮的蓝天,笼罩在城市上空,光芒四射,遥不可及。他的身边,他的脚下,被煤烟熏得满身条纹的黑房子沉睡着。只有几扇窗子在闪耀,像露珠一样散布在城市之中,在即将到来的晨光里泛着粉红。天上没有太阳。头顶的蓝色变得越来越深,越来越亮,高耸入云的摩天大楼背后射出一束束光线,朦胧、苍白、无色的光线，就好像给大楼镶上了光环。强尼·道斯一动不动地坐在那里，看着黎明升起在城市上空。

当车轮在下方发出刺耳的响声，当电车隆隆地驶过轨道，当窗户里开始摇曳着灯光，他低下头，小心地看了看黑暗的阁楼。白色的枕头上躺着他苍白而珍贵的宝贝，被那黑暗守护着。然后他打开天窗，滑了进去。

凯伊·贡达睡着了。

她的大衣扔在脚上，黑色绸缎衬衫底下的肩膀紧紧地在枕边缩着，一头金发垂在床沿。

他碰了碰她的肩膀，温柔地叫道："贡达小姐！"

她睁开眼睛，在枕头上往后滚了一下。她柔软的双唇慵懒地张开，因为睡眠而有些肿胀。她像孩子一样温顺地说：

"早上好。"

"早上好，贡达小姐。很抱歉吵醒你，不过你得起床了。"

她坐起身来，缓缓地把头发拢到脑后，几根不听话的缠在了她的手指上。她眨了眨眼睛，懒洋洋地问道：

"我得起床了？"

"对，我们得抓紧时间。"

"你在想什么，强尼？"

"我有个计划，一个救你的计划。不，现在还不能告诉你。你得信任我。"

"我信任你，强尼。"

"你能完全按照我说的做吗？"

"能，强尼。"

"你开车了吗？"

"开了，就停在街角。"

"现在，去把你的车开走，开到哪儿都行，一直往前开，开到城外，开到没有人能找到你的地方，开上一整天。到了晚上，你就可以回来了，回你自己的家。到时候一切就都过去了，你就安全了。"

她好奇地盯着他看，一句话都没有说。

"你会照我说的做吗？"

"会的，强尼。"

离开的时候，她在门前停了片刻。他站在那儿看着她，说道：

"片刻或是生生世世——又有什么关系呢？只要见到你，知道你存在，知道你可以存在，就足够了……我只希望你记住一件事：我感谢你。"

她缓缓地答道：

"只要知道它存在，知道它可以存在。"

她的脚步声消失了很久很久之后，他仍然站在那里。然后他走到桌前，坐下来写一封信。接着他封好信封，把它支在那个瓶子上。

随后他打开门，侧耳倾听。他听到马利根夫人拖着脚步爬上楼梯，她手里的垃圾桶在楼梯上叮当作响。他听到她在厨房里抱怨，厨房的门没有关。

他的门也没有关。马利根夫人会听见的。他希望她听见……

凯伊·贡达以七十迈的速度沿着平坦的乡村公路向前开去。她的双手扶着方向盘，她的头发在风中飞扬。闪闪发光的敞篷跑车从蔷薇花篱、苜蓿田和一座座农舍旁边疾驰而过。困惑的眼睛跟随着它，被太阳晒黑的头缓缓地摇着。她紧皱着眉头，眼睛死死地盯着飞逝的公路。她的眼中是最后一个疑问，还没有得到解答。

她往城里开回去的时候天已经晚了。街角亮起了几盏灯，与天上那红色的余晖争斗着。报童晃着手里的报纸，喊着"号外！号外！"。她没有注意。

她全速把车开到门前的柱廊，然后猛地踩下刹车，刹车器发出刺耳的尖叫。她飞快地跑上台阶，鞋跟敲打着白色的大理石。昏暗而宽敞的大厅里，一个紧张的身影正在气势汹汹地踱来踱去。她一进去，那身影便立刻停下了，是米克·瓦茨。

米克·瓦茨没有喝酒。他的衬衫领子被扯开了，头发凌乱，两眼充血，拳头里恶狠狠地攥着一张皱巴巴的报纸。

"是你干的，对吗？"他吼道，"所以你出现了。我就知道你会回来！我就知道你会这时候回来！"

"给工作室打电话，米克，"她冷静地说，一根手指一根手指地摘下手套，"告诉他们明天九点开拍。让服装师七点半到我办公室，注意裙子得熨好，口袋周围不能有褶皱。"

"好吧，你过得不错吧！你觉得挺好玩的，对吗？可是我受够了！我要辞职！"

"你自己都知道你不会辞职的，米克。"

"真他妈混蛋！你也知道，是吧？我为什么要碰到你？我干吗要一直给你当牛做马，而且还要继续给你当牛做马呢？我干吗要一直迁就你的那些鬼主意呢？我干吗明知道你没有杀人，还要去散布你谋杀的谣言呢？就因为你要弄清一个什么事情吗?那么,你弄清了吗?"

"嗯。"

"好吧,希望你满意了!希望你对你自己做的事情感到满意!"

他把一张报纸递到她眼前。

她缓缓地翻开报纸。头条标题写道:"塞尔斯谋杀案取得意外进展。"接下来是详细报道:

> 名为强尼·道斯的年轻男子今晨在位于南缅因大街的家中自杀身亡。女房东玛莎·马利根夫人听见枪声并发现尸体,其后通知了警方。现场发现一封写给警方的信,该男子在信中供认是他于五月三日晚上杀了格兰顿·塞尔斯,圣芭芭拉的百万富翁。原因是不久前塞尔斯令他丢掉了在一家高尔夫俱乐部的工作。他请求警方停止对这起案件的调查,因为他不希望将无辜者牵连其中。警方对这一供词感到困惑,参考这位已故百万富翁之姊弗雷德莉卡·塞尔斯小姐在接受警

方询问时所做的陈述，只能将其解释为一个怪人的行径。

塞尔斯小姐的陈述如下：

我从来没听过这个男孩的名字，所以对他的供词感到非常吃惊。因为我弟弟的死跟"谋杀"这个词一点儿关系都没有，所以对于这个男孩的供词，我完全无法做出解释。五月三日晚上，与凯伊·贡达小姐共进晚餐之后，我弟弟格兰顿·塞尔斯自杀了。他给我留了一封信，现在我可以公开信的内容。如今已经没必要保守秘密了。事实上，我弟弟的企业已经败落，唯一可以挽救它的是一个强大的财团，当时，与对方的谈判正在进行当中。我弟弟在信中写道，他已经厌倦了生命，不想再继续挣扎了；而且他爱的唯一一个女人，可以鼓舞他活下去的那个女人，那天晚上又一次拒绝了他的求婚。我意识到，我弟弟的自杀会令谈判终止，从而使他的公司陷入绝望的境地，因此，我决定暂时保守秘密，不对外公开他死亡的方式。那天晚上，我去拜访了贡达小姐，向她解释了当时的形势，并请求她不要透露真相，因为只有她能够猜到我弟弟是在什么情况下突然死亡的。她宽宏大量地同意了。今天早上，与那个财团的协议已经达成，所以如今我可以说出真相了。我必须多说一句，谣言传说是贡达小姐"谋杀"了我弟弟，我对此感到非常惊讶。同样，那个陌生男孩的自杀和供词也令我目瞪口呆。

"怎么样?"

"你先回家好吗,米克?我特别累。"

"你是个杀人犯,凯伊·贡达!你杀了那个男孩儿!"

"不,米克,不是我自己杀的。"

"你怎么能就那样站在那儿看着我?你知不知道,你有没有意识到你做了什么?"

凯伊·贡达的目光穿过敞开的房门,看着太阳落到棕色的群山后面,看着城市的光在曲折黑暗的公路上闪烁。

"那是我做过的最仁慈的事。"凯伊·贡达说。

背叛理想

就是背叛自己的灵魂